他的文章，
也是那麼的不蔓不枝，
恰到好處，
增加不了一句，
也刪節不掉一句。

——鄭振鐸

朱自清談文學

在詩文的河邊

楓書坊

目錄

談談文學這門藝術

漫步古今詩歌

談談文學這門藝術

魯迅《藥》指導大概

藥

一

①秋天的後半夜，月亮下去了，太陽還沒有出，只剩下一片烏藍的天；除了夜遊的東西，什麼都睡著。華老栓忽然坐起身，擦著火柴，點上遍身油膩的燈盞，茶館的兩間屋子裡，便彌滿了青白的光。

②「小栓的爹，你就去麼？」是一個老女人的聲音。裡邊的小屋子裡，也發出一陣咳嗽。

「唔。」老栓一面聽，一面應，一面扣上衣服；伸手過去說，「你給我罷。」

華大媽在枕頭底下掏了半天，掏出一包洋錢，交給老栓，老栓接了，抖抖的裝入衣袋，又在外面按了兩下；便點上燈籠，吹熄燈盞，走向裡屋子去了。那屋子裡面，正在窸窸窣窣的響，接著便是一通咳嗽。老栓候他平靜下去，才低低的叫道，「小栓……你不要來。……店麼？你娘會安排的。」

③老栓聽得兒子不再說話，料他安心睡了，便出了門，走到街上。街上黑沉沉的一無所有，只有一條灰白的路，看得分明。燈光照著他的兩腳，一前一後的走。有時也遇到幾隻狗，可是一隻也沒有叫。天氣比屋子裡冷得多了；老栓倒覺爽快，彷彿一旦變了少年，得了神通，有給人生命的本領似的，跨步格外高遠。而且路也愈走愈分明，天也愈走愈亮了。

④老栓正在專心走路，忽然吃了一驚，遠遠裡看見一條丁字街，明明白白橫著。他便退了幾步，尋到一家關著門的鋪子，蹩進檐下，靠門立住了。好一會，身上覺得有些發冷。

⑤「哼，老頭子。」

「倒高興……」

老栓又吃一驚，睜眼看時，幾個人從他面前過去了。一個還回頭看他，樣子不甚分明，但很像久餓的人見了食物一般，眼裡閃出一種攫取的光。老栓看看燈籠，已經熄了。按一按衣袋，硬硬的還在。仰起頭兩面一望，只見許多古怪的人，三三兩兩，鬼似的在那裡徘徊；定睛再看，卻也看不出什麼別的奇怪。

⑥沒有多久，又見幾個兵，在那邊走動；衣服前後的一個大白圓圈，遠地裡也看得清楚，走過面前的，並且看出號衣上暗紅色的鑲邊。——一陣腳步聲響，一眨眼，已經擁過了一大簇人。那三三兩兩的人，也忽然合作一堆，潮一般向前趕；將到丁字街口，便突然立住，簇成一個半圓。

⑦老栓也向那邊看，卻只見一堆人的後背；頸部都伸得很長，彷彿許多鴨，被無形的手捏住了的，向上提著。靜了一會，似乎有點聲音，便又動搖起來，轟的一聲，都向後退；一直散到老栓立著的地方，幾乎將他擠倒了。

⑧「喂！一手交錢，一手交貨！」一個渾身黑色的人，站在老栓面前，眼光正像兩把刀，刺得老栓縮小了一半。那人一隻大手，向他攤著；一隻手卻撮著一個鮮紅的饅頭，那紅的還是一點一點的往下滴。

⑨老栓慌忙摸出洋錢，抖抖的想交給他，卻又不敢去接他的東西。那人便焦急起來，嚷道，「怕什麼？怎的不拿！」老栓還躊躇著；黑的人便搶過燈籠，一把扯下紙罩，裹了饅頭，塞與老栓；一手抓過洋錢，捏一捏，轉身去了。嘴裡哼著說，「這老東西……」

⑩「這給誰治病的呀？」老栓也似乎聽得有人問他，但他並不答應；他的精神，現在只在一個包上，彷彿抱著一個十世單傳的嬰兒，別的事情，都已置之度外了。他現在要將這包裡的新的生命，移植到他家裡，收穫許多幸福。太陽也出來了；在他面前，顯出一條大道，直到他家中，後面也照見丁字街頭破匾上「古□亭口」這四個黯淡的金字。

二

⑪老栓走到家，店面早經收拾乾淨，一排一排的茶桌，滑溜溜的發光，但是沒有客人；

只有小栓坐在裡排的桌前吃飯，大粒的汗，從額上滾下，夾襖也貼住了脊心，兩塊肩胛骨高高凸出，印成一個陽文的「八」字。老栓見這樣子，不免皺一皺展開的眉心。他的女人，從灶下急急走出，睜著眼睛，嘴唇有些發抖。

「得了麼？」

「得了。」

⑫兩個人一齊走進灶下，商量了一會，華大媽便出去了，不多時，拿著一片老荷葉回來，攤在桌上。老栓也打開燈籠罩，用荷葉重新包了那紅的饅頭。小栓也吃完飯，他的母親慌忙說：——

「小栓——你坐著，不要到這裡來。」

一面整頓了灶火，老栓便把一個碧綠的包，一個紅紅白白的破燈籠，一同塞在灶裡；一陣紅黑的火焰過去時，店屋裡散滿了一種奇怪的香味。

⑬「好香！你們吃什麼點心呀？」這是駝背五少爺到了。這人每天總在茶館裡過日，來得最早，去得最遲，此時恰恰蹩到臨街的壁角的桌邊，便坐下問話，然而沒有人答應他。「炒米粥麼？」仍然沒有人應。老栓匆匆走出，給他泡上茶。

⑭「小栓進來罷！」華大媽叫小栓進了裡面的屋子，中間放好一條凳，小栓坐了。他的母親端過一碟烏黑的圓東西，輕輕說：——

「吃下去罷，——病便好了。」

⑮小栓撮起這黑東西，看了一會，似乎拿著自己的性命一般，心裡說不出的奇怪。十分小心的拗開了，焦皮裡面竄出一道白氣，白氣散了，是兩半個白麵的饅頭。——不多工夫，已經全在肚裡了，卻全忘了什麼味；面前只剩下一張空盤。他的旁邊，一面立著他的父親，一面立著他的母親，兩人的眼光，都彷彿要在他身裡注進什麼又要取出什麼似的；便禁不住心跳起來，按著胸膛，又是一陣咳嗽。

⑯「睡一會罷，——便好了。」

小栓依他母親的話，咳著睡了。華大媽候他喘氣平靜，才輕輕的給他蓋上了滿幅補釘的夾被。

三

⑰店裡坐著許多人，老栓也忙了，提著大銅壺，一趟一趟的給客人沖茶；兩個眼眶，都圍著一圈黑線。

「老栓，你有些不舒服麼？——你生病麼？」一個花白鬍子的人說。

「沒有。」

「沒有？——我想笑嘻嘻的，原也不像……」花白鬍子便取消了自己的話。

⑱「老栓只是忙。要是他的兒子……」駝背五少爺話還未完，突然闖進了一個滿臉橫肉的人，披一件玄色布衫，散著紐扣，用很寬的玄色腰帶，胡亂捆在腰間。剛進門，便對老栓嚷道：

「吃了麼？好了麼？老栓，就是運氣了你！你運氣，要不是我信息靈……」

⑲老栓一手提了茶壺，一手恭恭敬敬的垂著，笑嘻嘻的聽。滿座的人，也都恭恭敬敬的聽。華大媽也黑著眼眶，笑嘻嘻的送出茶碗茶葉來，加上一個橄欖，老栓便去沖了水。

⑳「這是包好！這是與眾不同的。你想，趁熱的拿來，趁熱吃下。」橫肉的人只是嚷。

「真的呢，要沒有康大叔照顧，怎麼會這樣……」華大媽也很感激的謝他。

「包好，包好！這樣的趁熱吃下。這樣的人血饅頭，什麼癆病都包好！」

華大媽聽到「癆病」這兩個字，變了一點臉色，似乎有些不高興，但又立刻堆上笑，搭赸著走開了。這康大叔卻沒有覺察，仍然提高了喉嚨只是嚷，嚷得裡面睡著的小栓也合伙咳嗽起來。

㉑「原來你家小栓碰到了這樣的好運氣了。這病自然一定全好；怪不得老栓整天的笑著呢。」花白鬍子一面說，一面走到康大叔面前，低聲下氣的問道，「康大叔——聽說今天結果的一個犯人，便是夏家的孩子，那是誰的孩子？究竟是什麼事？」

㉒「誰的？不就是夏四奶奶的兒子麼？那個小傢伙！」康大叔見眾人都聳起耳朵聽他，

便格外高興，橫肉塊塊飽綻，起發大聲說，「這小東西不要命，不要就是了。我可是這一回一點沒有得到好處，連剝下來的衣服，都給管牢的紅眼睛阿義拿去了。——第一要算我們栓叔運氣；第二是夏三爺賞了二十五兩雪白的銀子，獨自落腰包，一文不花。」

㉓小栓慢慢的從小屋子走出，兩手按了胸口，不住的咳嗽；走到灶下，盛出一碗冷飯，泡上熱水，坐下便吃。華大媽跟著他走，輕輕的問道，「小栓你好些麼？——你仍舊只是肚餓？……」

㉔「包好，包好！」康大叔瞥了小栓一眼，仍然回過臉，對眾人說，「夏三爺真是乖角兒，要是他不先告官，連他滿門抄斬。現在怎樣？銀子！——這小東西也真不成東西！關在牢裡，還要勸牢頭造反。」

「啊呀，那還了得。」坐在後排的一個二十多歲的人，很現出氣憤模樣。

「你要曉得紅眼睛阿義是去盤盤底細的，他卻和他攀談了。他說，這大清的天下是我們大家的。你想：這是人話麼？紅眼睛原知道他家裡只有一個老娘，可是沒有料到他竟會那麼窮，榨不出一點油水，已經氣破肚皮了。他還要老虎頭上搔癢，便給他兩個嘴巴！」

「義哥是一手好拳棒，這兩下，一定夠他受用了。」壁角的駝背忽然高興起來。

㉕「他這賤骨頭打不怕，還要說可憐可憐哩。」

花白鬍子的人說，「打了這種東西，有什麼可憐呢？」

康大叔顯出看他不上的樣子，冷笑著說，「你沒有聽清我的話，看他神氣，是說阿義可憐哩！」

聽著的人的眼光，忽然有些板滯；話也停頓了。小栓已經吃完飯，吃得滿身流汗，頭上都冒出蒸氣來。

㉖「阿義可憐——瘋話，簡直是發了瘋了。」花白鬍子悄然大悟似的說。

「發了瘋了。」二十多歲的人也恍然大悟的說。

店裡的坐客，便又現出活氣，談笑起來。小栓也趁著熱鬧，拼命咳嗽；康大叔走上前，拍他肩膀說：——

「包好！小栓——你不要這麼咳。包好！」

「瘋了。」駝背五少爺點著頭說。

四

㉗西關外靠著城根的地面，本是一塊官地；中間歪歪斜斜一條細路，是貪走便道的人，用鞋底造成的，但卻成了自然的界限。路的左邊，都埋著死刑和瘐斃的人，右邊是窮人的叢家。兩面都已埋到層層疊疊，宛然闊人家裡祝壽時候的饅頭。

㉘這一年的清明，分外寒冷；楊柳才吐出半粒米大的新芽。天明未久，華大媽已在右邊

的一座新墳前面，排出四碟菜，一碗飯，哭了一場。化過紙，呆呆的坐在地上；彷彿等候什麼似的，但自己也說不出等候什麼。微風起來，吹動他的短髮，確乎比去年白得多了。

㉙小路上又來了一個女人，也是半白頭髮，襤褸的衣裙；提一個破舊的朱漆圓籃，外掛一串紙錠，三步一歇的走。忽然見華大媽坐在地上看他，便有些躊躇，慘白的臉上，現出些羞愧的顏色，但終於硬著頭皮，走到左邊的一坐墳前，放下了籃子。

㉚那墳與小栓的墳，一字兒排著，中間只隔一條小路。華大媽看他排好四碟菜，一碗飯，立著哭了一通，化過紙錠；心裡暗暗地想，「這墳裡的也是兒子了。」那老女人徘徊觀望了一回，忽然手腳有些發抖，蹌蹌踉踉退下幾步，瞪著眼只是發怔。

㉛華大媽見這樣子，生怕他傷心到快要發狂了；便忍不住立起身，跨過小路，低聲對他說：「你這位老奶奶不要傷心了，——我們還是回去罷。」

㉜那人點一點頭，眼睛仍然向上瞪著，也低聲吃吃的說道，「你看，——看這是什麼呢？」

華大媽跟了他指頭看去，眼光便到了前面的墳，這墳上草根還沒有全合，露出一塊一塊的黃土，煞是難看。再往上仔細看時，卻不覺也吃一驚；——分明有一圈紅白的花，圍著那尖圓的墳頂。

㉝他們的眼睛都已老花多年了，但望這紅白的花，卻還能明白看見。花也不很多，圓圓

的排成一個圈，不很精神，倒也整齊。華大媽忙看他兒子和別人的墳，卻只有不怕冷的幾點青白小花，零星開著的，便覺得心裡忽然感到一種不足和空虛，不願意根究。那老女人又走近幾步，細看了一遍，自言自語的說，「這沒有根，不像自己開的。——這地方有誰來呢？孩子不會來玩；——親戚本家早不來了。——這是怎麼一回事呢？」他想了又想，忽又流下淚來，大聲說道：——

「瑜兒，他們都冤枉了你，你還是忘不了，傷心不過，今天特意顯點靈，要我知道麼？」他四面一看，只見一隻烏鴉，站在一株沒有葉的樹上，便接著說，「我知道了。——瑜兒，可憐他們坑了你，他們將來總有報應，天都知道，你閉了眼睛就是了。——你如果真在這裡，聽到我的話，——便教這烏鴉飛上你的墳頂，給我看罷。」

㉞微風早經停息了，枯草支支直立，有如銅絲。一絲發抖的聲音，在空氣中愈顫愈細，細到沒有，周圍便都是死一般靜。兩人站在枯草叢裡，仰面看那烏鴉，那烏鴉也在筆直的樹枝間，縮著頭，鐵鑄一般站著。

㉟許多的工夫過去了，上墳的人漸漸增多，幾個老的小的，在土墳間出沒。

㊱華大媽不知怎的，似乎卸下了一挑重擔，便想到要走，一面勸著說，「我們還是回去罷。」

㊲那老女人嘆一口氣，無精打采的收起飯菜，又遲疑了一刻，終於慢慢地走了。嘴裡自

言自語的說，「這是怎麼一回事呢？……」
㊳他們走不上二三十步遠，忽聽到背後「啞——」的一聲大叫；兩個人都悚然的回過頭，只見那烏鴉張開兩翅，一挫身，直向著遠處的天空，箭也似的飛去了。

一九一九年四月

指導大概

本篇是短篇小說。正題旨是親子之愛，副題旨是革命者的寂寞的悲哀。這故事是在清朝的末年，那時才有革命黨；本篇第三段「**這大清的天下是我們大家的**」一句話，表示了革命黨的主張，也表示了朝代。這故事是個小城市的故事，出面的人物也都是小城市的人物。那時代的社會還是所謂封建的社會；這些人物，這些人物的思想，自然充滿了封建社會的色彩。從華老栓到夏四奶奶，都是如此。

故事只是這樣：小茶館的掌櫃華老栓和華大媽夫婦只有小栓一個兒子，像是已經成了年。小栓生了癆病，總不好。老夫婦撿到一個祕方，人血饅頭可以治好癆病。老栓便托了劊子手康大叔，當然，得花錢。剛好這一個秋天的日子，殺一個姓夏名瑜的革命黨，老栓去向康大叔買回那人血饅頭，讓小栓吃了。小栓可終於沒有好，死了。那夏瑜是他的三伯父夏三爺告了密逮著的。夏瑜很窮，只有一個老母親，便是夏四奶奶。他在牢裡還向管牢的紅眼睛阿義宣傳革命，卻挨了兩個嘴巴。夏三爺告密，官廳賞了二十五兩銀子。一般人沒有同情那革命黨的。他是死刑犯人，埋在西關外官地上；華家是窮人，小栓也埋在那裡。第二年清明，華大媽去上墳，夏四奶奶也去。夏四奶奶發現兒子墳上有一個花圈，卻不認識是什麼，以爲他讓人冤枉死了，在特意顯靈呢。華大媽瞧著夏四奶奶發怔，過去想安慰她，看見花圈，也不認識，只覺得自己兒子墳上沒有，「**感到一種不足和空虛**」㉝[1]。她終於勸著夏四奶奶離開了墳場。

本篇從「**秋天的後半夜**」①老栓忙著起來去等人血饅頭開場。第一段說到饅頭到了手爲止。第二段說老栓夫婦商量著燒那饅頭，直到看著小栓吃下去。第三段康大叔來到茶館裡，和老栓夫婦談人血饅頭；從饅頭談到了那革命黨。這卻只是茶客們和他問答著，議論著。這兩段裡都穿插著小栓的病相。第一段的時間是後半夜到天明；第二、三段只是一個早上。第四段是第二年清明節的一個早上，華大媽去上兒子的墳，可見小栓是死了。夏四奶奶也去上兒子的墳，卻有人先已放了一個花圈在那墳上。第一段裡，主要的是老栓的動作。第二段裡是華大媽的。第三段裡主要是康大叔和茶客們的對話。第四段裡主要的卻是夏四奶奶的動作。

老栓和華大媽都將整個兒的心放在小栓的身上，放在小栓的病上。人血饅頭只是一個環；在這以前可能還試過許多方子，在這以後，可能也想過一些法子。但只這一環便可見出老夫婦愛兒子的心專到怎樣程度，別的都不消再提了。魯迅先生沒有提「愛」字，可是全篇從頭

1 編者注——數字為作者給《藥》標的號，方便閱讀，請參看自P2。

到尾都見出老夫婦這番心。他們是窮人，不等到第四段說小栓埋在「**窮人的叢冢**」㉗裡我們才知道，從開始一節裡「華老栓」這名字，和「**遍身油膩的燈盞**」和「**茶館的兩間屋子**」，便看出主人公是窮人了。窮人的錢是不容易來的，更是不容易攢的。華大媽枕頭底下那一包洋錢，不知他夫婦倆怎樣辛苦才省下來的。可是爲了人血饅頭，爲了兒子的病，他們願意一下子花去這些辛苦錢。「**華大媽在枕頭底下掏了半天**」②，才掏出那包錢。老栓「**抖抖的裝入衣袋，又在外面按了兩下**」。他後來在丁字街近處的那家鋪子門邊站著的時候，又「**按一按衣袋，硬硬的還在**」⑤。這些固然見出老夫婦倆錢來之不易，他們可並不是在心疼錢。他們覺得兒子的命就在那人血饅頭上，也就在這包錢上，所以愼重地藏著，愼重地裝著，愼重地守著。這簡直是一種虔敬的態度。

老栓夫婦是忙人，一面得招呼茶客們，一面還得招呼小栓的病。他們最需要好好地睡。可是老栓去等饅頭這一夜，他倆都沒有睡足，也沒有睡好；所以第二天早上兩個人的眼眶都圍上一圈黑線⑰⑲。那花白鬍子甚至疑心老栓生了病⑰。這一夜老栓其實不必起來得那麼早，連華大媽似乎都覺得他太早了一些，所以帶點疼惜地說，「**你就去麼？**」②但是這是關係兒子生命的大事，他怎敢耽誤呢！大概他倆惦記著這件大事，那上半夜也沒有怎樣睡著，所以第二天才累得那樣兒。老栓出了門，到了丁字街近處那家關著門的鋪子前面立住，「**好一會**」④，才有趕殺場的人「**從他面前過去**」⑤，他確是太早了一些。這當兒華大媽也不會再睡。她惦記著，盼望著，而且這一早收拾店面是她一個人的事兒。老栓出門前不是叫了小栓「**你不要起來。……店麼？你娘會安排的**」②。「**老栓走到家，店面早經收拾乾淨，一排一排的茶桌，滑溜溜的發光**」⑪，可見她起來也是特別早的。兩夫婦一個心，只是爲了兒子。

　　老栓是安分良民，和那些天剛亮就起來趕殺場的流浪漢和那些劊子手不是一路。他們也看出他的異樣，所以說，「**哼，老頭子**」「**倒高興……**」⑤「**這老東西……**」⑨，他膽兒小，怕看殺人，怕見人血，怕拿人血饅頭。他始終立在那鋪子的檐下，不去看殺場。固然他心裡只有兒子的病，沒心趕熱鬧去，害怕可也是一半兒。他連那些去看殺人和那殺人的人的眼光都禁不起⑤⑧，他甚至看見那殺人的地方——丁字街——聽見譏諷他也來看殺人的話，都「吃一驚」④⑤，何況是殺人呢？人血饅頭是那劊子手送到他面前來的。他還不敢接那「鮮紅的饅頭」⑧，是那劊子手扯下他的燈籠罩，塞給他，他才拿著的。這人血饅頭本該「**趁熱的拿來，趁熱吃下**」⑳，可是老栓夫婦害怕這麼辦。「**兩個人一齊走進灶下，商量了一會**」，才決定拿一片老荷葉「**重新包了那紅的饅頭**」，和那「**紅紅白白的破燈籠，一同塞在灶裡**」，燒了給小栓吃。他們不但自己害怕，還害怕小栓害怕，所以才商量出這個不教人害怕的辦法來。他們硬著頭皮去做那害怕的事兒，拿那害怕的東西，只是爲了兒子。但他們要盡可能地讓兒子不害怕，一來免得他不敢吃，二來免得他吃下去不舒服。所以在重包饅頭的時候，華大媽「慌忙說：『小栓——你坐著，不要到這裡來』」。她正是害怕小栓看見「那紅的饅頭」——但那是人血饅頭，能治病，小栓是知道的。

老栓夫婦唯一關心的是小栓的病。老栓起來的時候，小栓醒了，「**裡邊的小屋子裡，也發出一陣咳嗽**」，他出門的時候，吹熄燈盞，特地走向裡屋子去。小栓又是一遍咳嗽。老栓「**候他平靜下去，才低低的叫**」他不要起來，店面由他娘收拾去。「**聽得兒子不再說話，料他安心睡了**」③，老栓才出了門。一個做父親的這樣體貼兒子，也就算入微了。母親自然更是無微不至。重包饅頭時華大媽那句話，上節已引過了。她和小栓說話，給小栓做事，都是「輕輕」的。

第二段

第三段裡見了三回：一回是「**輕輕說**」⑭，一回是「**候他喘氣平靜，才輕輕的給他蓋上了滿幅補釘的夾被**」⑯，又一回是「**輕輕的問道**」㉓，老栓固然也是「**低低的叫**」，但那是在夜裡，在一個特殊境地裡。華大媽卻常是「輕輕」的，老是「輕輕」的，母親的細心和耐性是更大了。

老栓夫婦是粗人，自然盼望人血饅頭治好小栓的病，而且盼望馬上治好。老栓在街上走的時候，「**彷彿一旦變了少年，得了神通，有給人生命的本領似的，跨步格外高遠**」③。他的高興，由於信和望。他拿到那饅頭的時候，聽得有人問他話。「**但他並不答應；他的精神，現**

在只在一個包上，彷彿抱著一個十世單傳的嬰兒，別的事情，都已置之度外了。他現在要將這包裡的新的生命，移植到他家裡，收穫許多幸福。」⑩這是一種虔敬的信和望。華大媽的信和望和老栓其實不相上下。「老栓走到家」的時候，她「**從灶下急急走出，睜著眼睛，嘴唇有些發抖**」，問：「**得了麼？**」⑪只這半句話，便是她的整個兒的心。後來她和小栓說，「**吃下去罷，——便好了**」⑭。又說，「**睡一會罷，——便好了**」⑯。她盼望小栓的病便會好的。所以小栓又在吃飯的時候，她便「**跟著他走，輕輕的問道，『小栓你好些麼？——你仍舊只是肚餓？』**」㉓「仍舊」這個詞表示她的失望，也就是表示她的盼望。她不高興「**聽到『癆病』這兩個字**」⑳，也由於她的盼望，她盼望小栓不是「癆病」。她知道他是，可是不相信他是，不願意他是，更不願意別人說他是「癆病」。老栓和她一樣的盼望著小栓不是「癆病」，可是他走到家，看見小栓坐著吃飯的樣子，「**不免皺一皺展開的眉心**」⑭。他是男人，自然比華大媽容易看清楚現實些，也比她禁得住失望些。但是他倆對於那個人血饅頭卻有著共同的信和望。小栓吃下那饅頭的時候，「**一面立著他的父親，一面立著他的母親，兩人的眼光，都彷彿要在他身裡注進什麼又要取出什麼似的**」⑮。

老兩口子這早上眞高興。老栓一直是「笑嘻嘻的」。那花白鬍子說了兩回：一回在康大叔來到茶館之前，他說，「**我想笑嘻嘻的，原也不像（生病）**……」⑰。一回在康大叔來到之後，他說，「**怪不得老栓整天的笑著呢**」㉑。老栓如此，華大媽可想而知。康大叔來到的當兒，老栓「笑嘻嘻的聽」，華大媽也「**笑嘻嘻的送出茶碗茶葉來，加上一個橄欖**」⑯，他倆的笑出於本心。後來康大叔說出「癆病」那兩個字，華大媽聽到「**變了一點臉色**」，「**但又立刻堆上笑，搭赸著走開了**」⑳，那笑卻是敷衍康大叔的。敷衍康大叔，固然也是害怕得罪這個人，多一半還是爲了兒子。她謝康大叔的那一句話⑳，感激是眞的。他們夫婦倆這早上只惦著饅頭，只惦著兒子，很少答別人的話——自然，忙也有點兒。老栓不答應路上人的問話，上文已提過了。燒饅頭的時候，駝背五少爺接連問了兩回，老夫婦都沒有答應；雖然「**老栓匆匆走出，給他泡上茶**」⑬。花白鬍子問，「**老栓，你有些不舒服麼？——你生病麼？**」他也只答了「沒有」兩個字⑰，就打住了。連康大叔來，他都沒有說一句話。這早上他夫婦答別人的話只有華大媽的一句和他的半句。奇怪的是，他們有了那麼一件高興的事兒，怎麼不趕緊說給人家聽呢？——特別在花白鬍子向老栓探聽似的問著的時候。也許因爲那是一個祕方，吃了最好別教人家知道，更靈驗些，也許因爲那是一件罪過，不教人家知道，良心上責任輕些。若是罪過，不但他倆，小栓也該有分兒。所以無論如何，總還是爲了兒子。

小栓終於死了。不用說，老夫婦倆會感到種種「**不足和空虛**」。但第二年清明節，去上墳的卻只有華大媽一個人。這是因爲老栓得招呼店面，分不開身子。他倆死了兒子，可還得活下去。茶館的生意是很忙的。第三段裡說，「**店裡坐著許多人，老栓也忙了，提著大銅壺，一趟一趟的給客人沖茶**」⑰，駝背五少爺也說，「**老栓只是忙**」⑱，他一個是忙不開的，得華大媽幫著。所以這一日「**天明未久**」㉘，她便去上墳，爲的是早點回來，好幹活兒。她在小栓墳前「**哭了一場。化過紙，呆呆的坐在地上，彷彿等候什麼似的，但自己也說不出等候什麼**」㉘。兒子剛死在床上，也許可以不相信，也許還可以痴心妄想地等候他活轉來；兒子死後，也許可以等候他到夢裡相見。現在是「天明未久」在兒子的墳前，華大媽心裡究竟在等候著些什麼呢？或者是等候他「顯點靈」罷？「**微風起來，吹動他的短髮，確乎比去年白得多了**」㉘。半年來的傷心日子，也夠她過的了。華大媽如此，老栓也可想而知。她後來看著夏四奶奶在哭，「**心裡暗暗地想，『這墳裡的也是兒子了』**」㉚。所以在夏四奶奶發怔的時候，「**便忍不住立起身，跨過小路，低聲**」勸慰㉛。這種同情正是從「兒子」來的。後來見夏家兒子墳頂上「**分明有一圈紅白的花**」圍著㉜，「**忙看他兒子和別人的墳，卻只有不怕冷的幾點青白小花，零星開著**」㉝。夏家兒子的墳確有些與眾不同，小栓的似乎相形見絀。這使她「**忽然感到一種不足和空虛，不願意根究**」㉝。她是在羨慕著，也妒忌著，爲了墳裡的兒子。但她還同情地陪著夏四奶奶，直到「**上墳的人漸漸增多**」㉟，才「**想到要走**」㊱。她早就該回茶館幫老栓幹活兒，爲了同病相憐，卻耽擱了這麼久，將活兒置之度外。她整個兒的心，還是在「兒子」身上。——以上是親子之愛正題旨。

副題旨是革命者的寂寞的悲哀。這只從側面見出。那革命黨並沒有出面，他的故事是在康大叔的話裡和夏四奶奶的動作裡。故事是從那人血饅頭引起的。第三段裡那花白鬍子一面和老栓說（那時華大媽已經「**搭赸著走開了**」⑳），「**原來你家小栓碰到了這樣的好運氣了**」，「**一面走到康大叔面前，低聲下氣的問道：『康大叔——聽說今天結果的一個犯人，便是夏家的孩子，那是誰的孩子？究竟是什麼事？』**」㉑從這幾句話裡可以見出那位革命黨的處決，事先是相當祕密的；大家只知道那是「夏家的孩子」，犯了不尋常的死罪而已。難怪康大叔剛進茶館「**便對老栓嚷道**」：「**你運氣，要不是我信息靈……**」⑱那「信息」自然也是祕密的。他回答花白鬍子的第一問：「**誰的？不就是夏四奶奶的兒子麼？那個小傢伙！**」接著說，「**這小東西不要命，不要就是了。我可是這一回一點沒有得到好處；連剝下來的衣服，都給管牢的紅眼睛阿義拿去了。——第一要算我們栓叔運氣；第二是夏三爺賞了二十五兩雪白的銀子，獨自落腰包，一文不花**」。⑫這些話並不是回答花白鬍子，只是沒有得到什麼好處，自己有點牢騷罷了。夏三爺獨得「**二十五兩雪白的銀子**」，康大叔羨慕這個。他自然不會忘記老栓的那包洋錢，可是比起「二十五兩雪白的銀子」，那就不算什麼了。何況那是「**一手交錢，一手交貨**」⑧。而且是他「**照顧**」⑳老栓的，怎能算是他的好處！他說「信息靈」，他說運氣了老栓⑱，「**第一要算我們栓叔運氣**」，都是要將人情賣在老栓的身上。但就故事的發展說，這一節話卻是重要的關鍵。那革命黨是不出面的。他的故事中的人物，全得靠康大叔的嘴介紹給讀者。這兒介紹了夏四奶奶，第四段裡那老女人便有著落了。那兒不提起「夏四奶奶」，是給華大媽留地步，那一段主要的原是夏四奶奶的動作，假如讓華大媽分明地知道了那老女人就是夏四奶奶，那必露出一番窘相。那會妨礙故事的發展。但他聽了那老女人「**他們都冤枉了你**」㉝一番話之後，好像也有些覺得了；「**似乎卸下了一挑重擔**」那一句便是從這裡來的。這裡又介紹了牢頭紅眼睛阿義和那告官的夏三爺，這些是那片段的故事的重要角色。但康大叔並沒有直接回答花白鬍子的第二問，他只說「**這小東西也眞不成東西！關在牢裡，還要勸牢頭造反**」㉔。「關在牢裡，還要勸牢頭造反」，沒「關在牢裡」的時候，不用說是在「造反」了；這還不該殺頭之罪嗎？不但他該殺頭，夏三爺要是「不先告官」，連他也會「滿門抄斬」呢㉔。這就是回答花白鬍子了。至於詳細罪狀，必是沒有「告示」；大約只有官知道，康大叔也不會知道的。

康大叔提到那革命黨，口口聲聲是「**那個小傢伙**」㉒，「**這小東西**」㉒㉔，「**賤骨頭**」㉕。那革命黨向紅眼睛阿義說過「**這大清的天下是我們大家的**」，康大叔說這不是「人話」㉔。一面還稱讚「**夏三爺眞是乖角兒**」㉔。紅眼睛阿義是他一流人，第一是想得好處。他原知道那革命黨「**家裡只有一個老娘，可是沒有料到他竟會那麼窮，榨不出一點油水，已經氣破肚皮了**。**他還要老虎頭上搔癢，便給他兩個嘴巴**」㉔。這兒借著阿義的口附帶敘述了那革命黨家中的情形。康大叔和阿義除了都想得到好處之外，還都認爲革命黨是「造反」，不但要殺頭，而且有「滿門抄斬」之罪。他們原是些做公的人，這樣看法也是當然。那熱心的革命黨可不管這個，他宣傳他的。阿義打他，他並不怕，還說「**可憐可憐**」呢㉕。革命者的氣概從此可見。但是一般人是在康大叔阿義這一邊兒。那二十多歲的茶客聽到說「**勸牢頭造反**」，道，「**啊呀，那還了得**。」「**很現出氣憤模樣**」㉔。那駝背五少爺聽到「**給他兩個嘴巴**」，便「**忽然高興起來**」，說「**義哥是一手好拳棒，這兩下，一定夠他受用了**」㉔。那花白鬍子聽到康大叔「**還要說可憐可憐哩**」㉕那句話，以爲那革命黨是在向阿義乞憐了，便看不上他似的道，「**打了這種東西，有什麼可憐呢？**」㉕經康大叔矯正以後，他「**恍然大悟的說**」，「**阿義可憐——瘋話，簡直是發了瘋了**」。那二十多歲的人「**也恍然大悟的說**」「**發了瘋了**」。那駝背五少爺後來也「**點著頭說**」「**瘋了**」㉖。他們三個人原先怎麼也想不到「可憐可憐」是指阿義說的，所以都是「恍然大悟」的樣子。那三個茶客代表各種年紀的人。他們也都相信「造反」是大逆不道的，他們和康大叔和阿義一樣，都覺得「**這小東西也眞不成東西**」㉔，而且「簡直是發了瘋了」。「瘋子」這名目是「吃人」的巧妙的藉口，這是封建社會的「老譜」，《狂人日記》裡也早已說過了的。——這就無怪乎夏家的親戚早不上他家來了㉝。（夏四奶奶「**親戚本家早不來了**」這句話裡的「來」字不大清楚；若說「來往」，就沒有歧義了。）其實就是夏四奶奶，她對於革命黨的意見，也還是個差不多。不過她不信她兒子是的。她說，「**瑜兒，他們都冤枉了你**」，又說，「**可憐他們坑了你**」。她甚至疑心他墳頂上那「**一圈紅白的花**」是「**特意顯點靈**」要她知道的。她是愛她的兒子，可是並沒有了解她的兒子。革命者是寂寞的，這樣難得了解和同情的人！幸而，還不至於完全寂寞，那花圈便是證據。有了送花圈的人，這社會便還沒有死透，便還是有希望的。魯迅先生在《吶喊自序》裡說，他不願意抹殺人們的希望，所以「不恤用了曲筆平空添上」一個花圈在瑜兒的墳上。這是他的創作的態度。第四段是第一個故事的結尾，尤其是第二個故事的結尾。這裡主要的是夏四奶奶的動作，可是用了「親子之愛」這個因子，卻將她的動作和華大媽的打成一片了。

通常說短篇小說只該有「一個」題旨，才見得是「經濟的」。這句話不能呆看。正題旨確乎是只能有「一個」，但正題旨以外不妨有副題旨。副題旨若能和正題旨錯綜揉合得恰到好處，確有賓主卻又像不分賓主似的，那只有見得更豐厚些，不會鬆懈或枝蔓的。這一篇便可以作適當的例子。再有，小說雖也在敘述文和描寫文類裡，跟普通的敘述文和描寫文卻有些不同之處。它得有意念的發展。普通的敘述文和描寫文自然也離不了意念，可得跟著事實，不能太走了樣子，意念的作用不大。小說雖也根據事實，卻不必跟著事實；不但選擇有更多的自由，還可以揉和熔鑄，發展作者的意念。這裡意念的作用是很大的。題旨固然是意念的發展，取材和詞句也都離不了意念的發展。即使是自然派的作家，好像一切客觀，其實也還有他們的意念。不然，他們爲什麼寫這種那種故事，爲什麼取這件那件材料，爲什麼用這些那些詞句，而不寫、不取、不用別的，就難以解釋了。這種意念的發展在短篇小說裡作用尤其大。短篇小說裡意念比較單純，發展得恰當與否最容易見出。所謂「經濟的」便是處處緊湊，處處有照應，無一閒筆，也便是意念發展恰到好處。本篇題旨的發展，上文已經解析。取材和詞句卻還有可說的。

本篇副題旨的取材，《吶喊自序》裡的話已夠說明。魯迅先生的創作是在「五四」前後所謂啓蒙時代（本篇作於民國八年四月）。他的創作背景大部分是在清末民初的鄉村或小城市裡。所謂農村的社會或封建的社會，便是這些。魯迅先生取材於這些，一方面自然因爲這些是他最熟悉的，一方面也因爲那是一個重新估定價值的時代，他要以智慧的光輝照徹愚蠢的過去。他是浙江紹興人，他卻無意於渲染地方的色彩，這是他在《我的創作經驗》一文裡曾經暗示了的。本篇的正題旨發展在人血饅頭的故事裡，正因爲那故事足以表現農村的社會——愚蠢的過去。這故事包括三個節目：看殺頭，吃人血，坐茶館。看殺頭的風俗代表殘酷，至少是麻木不仁。《吶喊自序》裡說日俄戰爭時在日本看到一張幻燈片，是日本人捉著了一個替俄國做偵探的中國人，正在殺頭示眾，圍著看熱鬧的都是些中國人。魯迅先生很可憐我們同胞的愚蠢，因此改了行，學文學，想著文學也許有改變精神的用處。本篇描寫那殺場的觀眾，還是在這種情調裡。這是從老栓的眼裡看出：「**老栓也向那邊看，卻只見一堆人的後背；頸項都伸得很長，彷彿許多鴨，被無形的手捏住了的，向上提著**」⑦。這些觀眾也真夠熱心的了。

吃人血的風俗代表殘酷和迷信。老栓拿到饅頭的時候，似乎聽得有人問他：「**這給誰治病的呀？**」⑩可見人血饅頭治癆病還是個相當普遍的祕方，這也就是風俗了。老栓和華大媽信仰這個祕方，到了虔敬的程度。小栓也差不多，他撮起那燒好的黑饅頭，「**似乎拿著自己的**

性命一般」⑮。康大叔說了四回「**包好！**」⑳㉔㉖兩回是向老栓夫婦說的，兩回是向小栓說的，雖然不免「賣瓜的說瓜甜」，但相信也是眞的。那花白鬍子也向老栓說，「**原來你家小栓碰到了這樣的好運氣了。這病自然一定全好**」㉑。一半兒應酬康大叔和老栓夫婦，至少一半兒也相信。可是後來小栓終於死了！——老栓夫婦雖然相信，卻總有些害怕；他們到底是安分良民，還沒有那份兒殘酷。他們甚至於感覺到這是一樁罪過似的。老栓方面，上文已提過了。第四段裡說，「**華大媽不知怎的，似乎卸下了一挑重擔，便想到要走**」㊱。原來她聽了夏四奶奶向墳裡的兒子一番訴說之後，似乎便有些覺得面前的老女人是誰，她那墳裡的兒子又是誰了。想著自己兒子吃過人家兒子的血，不免是一樁罪過，這就是她良心上的「一挑重擔」。在兩人相對的當兒，夏四奶奶雖然根本未必知道血饅頭這回事，可是華大媽的擔子卻有越來越重的樣子。「**上墳的人漸漸增多，幾個老的小的，在土墳間出沒**」㉟。夏四奶奶的注意分開了，不只在墳裡的兒子和面前的華大媽身上了，華大媽這才「似乎卸下了一挑重擔」。老栓夫婦的內疚若是有的，那正是反映吃人血的風俗的殘酷的。《狂人日記》裡不斷提起吃人，固然是指著那些吃人的「仁義道德」說的，可也是指著這類吃人的風俗說的。那兒有「一直吃到徐錫麟」的話，徐錫麟正是革命黨。那兒還說「去年城裡殺了犯人，還有一個生癆病的人用饅頭蘸著血舐」。這些都是本篇的源頭——帶說一句，本篇的「夏瑜」似乎影射著「秋瑾」；秋瑾女士也是紹興人，正是清末被殺了的一位著名的革命黨。這人血饅頭的故事是本篇主要的故事，所以本篇用「藥」作題目。這一個「藥」字含著「藥」（所謂「藥」）「藥？」「藥！」三層意思。

坐茶館，談天兒，代表好閒的風氣。茶客們有些沒有職業的，可以成天地坐著，駝背五少爺便是例子。「**這人每天總在茶館裡過日，來得最早，去得最遲**」⑬，可以算是茶客的典型。那時就是有職業的人，在茶館裡坐一個上午或一個下午也是常見的。這些人閒著無聊，最愛管閒事。打聽新聞，議論長短，是他們的嗜好，也是他們的本領。沒有新聞可聽，沒有長短可論的時候，他們也能找出些閒話來說著。本篇第二段裡燒饅頭的時候，駝背五少爺問，「**好香！你們吃什麼點心呀？**」沒有人答應。可是他還問，「炒米粥麼？」仍然沒人答應，他這才不開口了。找人搭話正是茶客們的脾氣。

第三段裡那花白鬍子看見老栓眼眶圍著一圈黑線，便問，「**老栓，你有些不舒服麼？——你生病麼？**」老栓回答「沒有」。他又說，「**沒有？——我想笑嘻嘻的，原也不像……**」這是「**取消了自己的話**」⑰。這些都是沒話找話的廢話。康大叔來到以前，駝背五少爺提到小栓，那是應酬老栓的。康大叔來到以後，花白鬍子也提到小栓，那是應酬康大叔和老栓的。這裡面也有多少同情，但找題目說話，也是不免的。花白鬍子向康大叔一問，這才引起了新聞和議論。那些議論都是傳統的，也不負責任的。說來說去，無非是好閒就是了。

本篇的節目，大部分是用來暗示故事中人物的心理的，從上文的解析裡可以見出。但在人物、境地、事件的安排上也不忽略。這些也都是意念的發展。第一段和第四段的境地都是靜的，靜到教人害怕的程度。老栓走到街上，「**街上黑沉沉的一無所有**」；「**有時也遇到幾隻狗，可是一隻也沒有叫**」③。夜的街眞太靜了，忽然來了個不出聲的人，狗也害怕起來，溜過一邊或躲在一邊去了；老栓吃了兩回驚，一半是害怕那地方，那種人，一半也是害怕那靜得奇怪的夜的街。甚至那殺場，也只「**似乎有點聲音**」，也只「**轟的一聲**」⑦；這並不足以打破那奇怪的靜。這個靜是跟老栓的害怕，殺頭和吃人血的殘酷應和著的。第四段開場是「層層疊疊」的「**叢冢**」㉗中間，只放著兩個不相識的女人。那也是可怕的靜，雖然是在白天。所以華大媽和夏四奶奶開始搭話的時候都是「**低聲**」㉛㉜，「低聲」便是害怕的表現。後來夏四奶奶雖然「**大聲**」向她的瑜兒說了一番話㉝，但那是向鬼魂說的，也不足以打破那個靜。那時是「**微風早已停息了，枯草支支直立，有如銅絲。一絲發抖的聲音，在空氣中愈顫愈細，細到沒有，周圍便都是死一般靜。兩人站在枯草叢裡仰面看那烏鴉，那烏鴉也在筆直的樹枝間，縮著頭，鐵鑄一般站著**」㉞。那「一絲發抖的聲音」便是夏四奶奶那節話的餘音。後來「上墳的人漸漸增多」，可是似乎也沒有怎樣減除那個靜的可怕的程度。本篇最後一節是這樣：「**他們走不上**二三**十步遠，忽聽得背後『啞——』的一聲大叫；兩個人都悚然的回過頭，只見那烏鴉張開兩翅，一挫身，直向著遠處的天空，箭也似的飛去了**」。這「悚然的」一面自然因爲兩人疑心鬼魂當場顯靈，一面還是因爲那墳場太靜了。這個靜是應和著那叢冢和那兩個傷心的母親的。配著第一段第四段的靜的，是第二段第三段的動，動靜相變，恰像交響曲的結構一般。

小栓的病這節目，只在第二段開始寫得多一些，那是從老栓眼中見出他的瘦。但在本篇前三段裡隨時都零星的穿插著。咳嗽，「**肚餓**」，流汗，構成他的病象。咳嗽最明顯，共見了六次②⑮⑳㉓㉖；「肚餓」從吃飯見，流汗也是在吃飯的時候；這兩項共同見了兩次⑪㉕。這樣，一個瘦病鬼就畫出來了。康大叔是劊子手；他的形狀，服裝，舉動，言談，都烘托出來他是一個什麼樣的人。他那「**像兩把刀**」的「**眼光**」，那「**大手**」⑧，那「**滿臉橫肉**」⑱，高興時便「**塊塊飽綻**」的肉㉒，已經夠教人認識他了，再加「**披一件玄色布衫，散著紐扣，用很寬的玄色腰帶，胡亂捆在腰間**」⑱，便十足見出是一個兇暴的流浪漢。他將那人血饅頭送到老栓面前的時候，說的話⑧⑨，以及「**攤著**」「**一隻大手**」⑧，以及「**搶過燈籠，一把扯了紙罩，裹了饅頭，塞與老栓；一手抓過洋錢，捏一捏**」⑨的情形，也見出是一個粗野的人。他到了茶館裡，一直在嚷⑱㉒，在「**大聲**」說話㉒。他說話是不顧到別人的。他沒有顧老栓夫婦忌諱「**癆病**」這兩個字。華大媽「**搭赸著走開了**」，他還「**沒有覺察，仍然提高了喉嚨只是嚷，嚷得裡面睡著的小栓也合伙咳嗽起來**」⑳。第三段末尾，小栓又在咳嗽，「**康大叔走上前，拍他的肩膀說：**——『**包好！小栓——你不要這麼咳。包好！**』」這都是所謂不顧別人死活，真粗心到了家。他又是個唯我獨尊的人，至少在這茶館裡。那花白鬍子誤會了「可憐」的意思，便「**顯出看不上他的樣子，冷笑著說，**『**你沒有聽清我的話**』」㉕。在本篇裡，似乎只有康大叔是有性格的人，別的人都是些類型，本篇的題旨原不在鑄造性格，這局面也是當然的。

第三段裡茶客們和康大叔的談話是個難得安排的斷片或節目。這兒似乎很不費力地從正題旨引渡到副題旨，上文也已提到了。談話本可以牽搭到很遠的地方去；但是慢慢地牽搭過去，就太不「經濟的」。這兒卻一下就搭上了。副題旨的發展裡可又不能喧賓奪主，冷落了正題旨。所以康大叔的話裡沒將老栓撂下，小栓更是始終露著面兒。茶客參加談話的不能太多，太多就雜亂了，不好收拾了，也不能全是沒露過面的，不然前後就打成兩截了。這兒卻只有三個人，那駝背五少爺和花白鬍子是早就先後露了面的⑬⑳，只加了那「**一個二十多歲的人**」㉔。這些人「**都恭恭敬敬的**」⑲「**聳起耳朵**」㉒聽康大叔的話。「恭恭敬敬的」，也許因爲大家都有一些害怕這個粗暴的人，「聳起耳朵」，因爲是當地當日的新聞，大家都愛聽。——那花白鬍子的去問康大叔的時候，「**低聲下氣的**」㉑，也是兩方面都有點兒。這樣，場面便不散漫，便不漏了。但是談話平平地進行下去，未免顯得單調。

這兒便借著「可憐可憐」那句話的歧義引出一番波折來。康大叔「冷笑著」對花白鬍子說明以後，「**聽著的人的眼光，忽然有些板滯；話也停頓了**」㉕。這是討了沒趣；是滿座，不止那三個人。可是花白鬍子和那二十多歲的人「恍然大悟」，將罪名推到那革命黨身上以後，大家便又輕鬆了，——不是他們沒有「聽清」康大叔的話，是那革命黨「發了瘋了」，才會說那樣出人意外的話。於是「**店裡的坐客，便又現出活氣，談笑起來**」。但這個話題也就到此而止。那悟得慢一些的駝背五少爺「點著頭說」的半句「瘋了」，恰巧是個尾聲，結束了這番波折，也結束了這場談話。

詞句方面，上文已經提到不少，還有幾處該說明的。第一段末尾，「**太陽也出來了；在他面前，顯出一條大道，直到他家中，後面也照見丁字街頭破匾上『古□亭口』這四個黯淡的金字**」。這些並不是從老栓眼裡看出，這是借他回家那一條大道描寫那小城市。匾已破了，那四個金字也黯淡了，其中第二字已經黯淡到認不出了。這象徵著那小城市也是個黯淡衰頹的古城市；那些古舊的風俗的存在正是當然。第二段小栓吃下那饅頭，「**卻全忘了什麼味**」⑮。他知道這是人血饅頭，「**與眾不同**」，準備著有些異味，可是沒有，和普通的燒饅頭一樣。燒饅頭的味是熟悉的，沒有什麼特別值得注意，所以覺得「全忘了什麼味」。這兒小栓似乎有些失望似的。第三段「**這康大叔卻沒有覺察**」⑳，「康大叔」上加「這」字是特指。「康大叔」這稱呼雖已見於華大媽的話裡⑳，但在敘述中還是初次出現，加「這」字表示就是華大媽話裡的那個人，一方面也表示就是那兇暴粗野的流浪漢劊子手。又，「**夏三爺賞了二十五兩雪白的銀子**」，**是官賞了他銀子**。**第四段夏四奶奶**「**見華大媽坐在地上看她，便有些躊躇，慘白的臉上，現出些羞愧的顏色，但終於硬著頭皮，走到左邊的一座墳前，放下了籃子**」㉙。這兒路的「**右邊是窮人的叢冢**」，小栓的墳便在其中，「**左邊，都埋著死刑和瘐斃的人**」㉗。夏四奶奶窮，不能將兒子埋在別處，便只得埋在這塊官地的左邊墳場裡。她可不願意人家知道她兒子是個死刑的犯人。她「**天明未久**」㉘，就來上墳，原是避人的意思。想不到華大媽比她還早，而且已經上完了墳，「**坐在地上看他**」。這一來她兒子和她可能都得現底兒了。她躊躇，羞愧，便是爲此。但既然「**三步一歇的走**」來了㉙，那有回去的道理，到底還是上墳要緊，面子上只好不管了；所以她「**終於硬著頭皮**」走過去了。後來她「**大聲**」說的一番話㉝，固然是給她兒子說的，可也未嘗沒有讓華大媽聽聽的意思，——她兒子是讓人家「**冤枉了**」「**坑了**」，他實在不是一個會犯罪的人。第四段主要的是夏四奶奶的動作。這裡也見出她的親子之愛，她（和華大媽）的迷信。但本段重心還在那個花圈上，魯迅先生有意避免「花圈」這個詞，只一步一步的烘托著。從夏四奶奶和華大媽的眼睛裡看，「**紅白的花……也不很多，圓圓的排成一個圈，不很精神，倒也整齊**」。又從夏四奶奶嘴裡說，「**這沒有根，不像自己開的**」。㉝這似乎夠清楚了。可是有些讀者總還猜不出是什麼東西。也許在那時代那環境裡這東西的出現有些意外，讀者心理上沒有準備著，所以便覺得有點晦。若是將「花圈」這個詞點明一下，也許更清楚些。夏四奶奶卻看得那花圈有鬼氣，兩回「**自言自語的說**」，「**這是怎麼一回事呢？**」㉝㊲但她的（和華大媽的）迷信終於只是迷信，那烏鴉並沒有飛上她兒子的墳頂，卻直向著遠處的天空飛去了。

魯迅先生關於親子之愛的作品還有《明天》和《祝福》，都寫了鄉村的母親。她們的兒子一個是病死了，一個是被狼銜去吃了，她們對於兒子的愛都是單純的。可是《明天》用親子之愛做正題旨；《祝福》，卻別有題旨，親子之愛的故事只是材料。另有挪威別恩孫的《父親》，有英譯本和至少六個中譯本。那篇寫一個鄉村的父親對於他獨生子的愛，從兒子受洗起到準備結婚，二十四五年間，事事都給他打點最好的。兒子終於過湖淹死了。他打撈了整三天三夜，抱著屍首回去。後來他還讓一個牧師用兒子的名字捐了一大筆錢出去。別恩孫用的是三粗筆，句子非常簡短，和魯迅先生不同，可是不缺少力量。關於革命黨的，魯迅先生還有著名的《阿Q正傳》，那篇後半寫著光復時期鄉村和小城市的人對於革命黨的害怕和羨慕的態度，跟本篇是一個很好的對照。這些都可以參看。

什麼是文學

什麼是文學？大家願意知道，大家願意回答，答案很多，卻都不能成為定論。也許根本就不會有定論，因為文學的定義得根據文學作品，而作品是隨時代演變隨時代堆積的。因演變而質有不同，因堆積而量有不同，這種種不同都影響到什麼是文學這一問題。比方我們說文學是抒情的，但是像宋代說理的詩，十八世紀英國說理的詩，似乎也不得不算是文學。又如我們說文學是文學，跟別的文章不一樣，然而就像在中國的傳統裡，經史子集都可以算是文學。經史子集堆積得那麼多，文士們都鑽在裡面生活，我們不得不認這些為文學。當然，集部的文學性也許更大些。現在除經史子集外，我們又認為元明以來的小說戲劇是文學。這固然受了西方的文學意念的影響，但是作品的堆積也多少在逼迫著我們給它們地位。明白了這種種情形，就知道什麼是文學這問題大概不會有什麼定論，得看作品看時代說話。

新文學運動初期，運動的領導人胡適之先生曾答覆別人的問，寫了短短一篇《什麼是文學》。這不是他用力的文章，說的也很簡單，一向不會引起多少注意。他說文字的作用不外達意表情，達意達得好，表情表得妙就是文學。他說文學有三種性：一是懂得性，就是要明白；二是逼人性，要動人；三是美，上面兩種性聯合起來就是美。這裡並不特別強調文學的表情作用，卻將達意和表情並列，將文學看作和一般文章一樣，文學只是「好」的文章、「妙」的文章、「美」的文章罷了。而所謂「美」就是明白與動人，所謂三種性其實是兩種性。「明白」大概是條理清楚，不故意賣關子；「動人」大概就是胡先生在《談新詩》裡說的「具體的寫法」。當時大家寫作固然用了白話，可是都求其曲，求其含蓄。他們注重求暗示，覺得太明白了沒有餘味。至於「具體的定法」，大家倒是同意的。只是在《什麼是文學》這一篇裡，「逼人」「動人」等語究竟太泛了，不像《談新詩》裡說的「具體的寫法」那麼「具體」，所以還是不能引人注意。

再說當時注重文學的類型，強調白話詩和小說的地位。白話新詩在傳統裡沒有地位，小說在傳統裡也只佔到很低的地位。這需要鬥爭，需要和只重古近體詩與駢散文的傳統鬥爭。這是工商業發展之下新興的知識分子跟農業的封建社會的士人的鬥爭，也可以說是民主的鬥爭。胡先生的不分類型的文學觀，在當時看來不免歷史癖太重，不免籠統，而不能鮮明自己的旗幟，因此注意他這一篇短文的也就少。文學類型的發展從新詩和小說到了散文——就是所謂美的散文，又叫作小品文的。雖然這種小品文以抒情為主，是外來的影響，但是跟傳統的駢散文的一部分卻有接近之處。而文學包括這種小說以外的散文在內，也就跟傳統的文的意念包括駢散文的有了接近之處。小品文之後有雜文。雜文可以說是繼承「隨感錄」的，但從它的短小的篇幅看，也可以說是小品文的演變。小品散文因應時代的需要從抒情轉到批評和說明上，但一般還認爲是文學，和長篇議論文、說明文不一樣。這種文學觀就更跟那傳統的文的意念接近了。而胡先生說的「什麼是文學」也就值得我們注意了。

傳統的文的意念也經過幾番演變。南朝所謂「文筆」的文，以有韻的詩賦爲主，加上些典故用得好、比喻用得妙的文章，《昭明文選》裡就選的是這些。這種文多少帶著詩的成分，到這時可以說是詩的時代。宋以來所謂「詩文」的文，卻以散文就是所謂古文爲主，而將駢文和辭賦附在其中。這可以說是到了散文時代。現代中國文學的發展，雖只短短的三十年，卻似乎也是從詩的時代走到了散文時代。初期的文學意念近於南朝的文的意念，而與當時還在流行的傳統的文的意念，就是古文的文的意念，大不相同。但是到了現在，小說和雜文似乎佔了文壇的首位，這些都是散文，這正是散文時代。特別是雜文的發展，使我們的文學意念近於宋以來的古文家而遠於南朝。胡先生的文學意念，我們現在大概可以同意了。

英國德來登早就有知的文學和力的文學的分別，似乎是日本人根據了他的說法而仿造了「純文學」和「雜文學」的名目。好像胡先生在什麼文章裡不贊成這種不必要的分目。

但這種分類雖然好像將表情和達意分而爲二，卻也有方便處。比方我們說現在雜文學是在和純文學爭著發展。這就可以見出這時代文學的又一面。雜文固然是雜文學，其他如報紙上的通訊、特寫，現在也多數用語體而帶有文學意味了。書信有些也如此。甚至宣言，有些也注重文學意味了，這種情形一方面見出一般人要求著文學意味，一方面又意味著文學在報章化。清末古文報章化而有了「新文體」，達成了開通民智的使命。現代文學的報章化，該是「德先生」和「賽先生」的吹鼓手罷。這裡的文學意味就是「好」，就是「妙」，也就是「美」，卻絕不是賣關子，而正是胡先生說的「明白」「動人」。報章化要的是來去分明，不躲躲閃閃的。雜文和小品文的不同處就在它的明快，不大繞彎兒，甚至簡直不繞彎兒。具體倒不一定。敘事寫景要具體，不錯。說理呢，舉例子固然要得，但要言不煩，或簡截了當也就是乾脆，也能夠動人。使人威固然是動人，使人信也未嘗不是動人。不過這樣解釋著胡先生的用語，他也許未必同意罷？

古文學的欣賞

新文學運動開始的時候，胡適之先生宣布「古文」是「死文學」，給它撞喪鐘，發訃聞。所謂「古文」，包括正宗的古文學。他是教人不必再作古文，卻顯然沒有教人不必閱讀和欣賞古文學。可是那時提倡新文化運動的人如吳稚暉、錢玄同兩位先生，卻教人將線裝書丟在茅廁裡。後來有過一回〈骸骨的迷戀〉的詩，也是反對做舊詩，不是反對讀舊詩。但是兩回反對讀經運動卻是反對「讀」的。反對讀經，其實是反對禮教，反對封建思想，因爲主張讀經的人是主張傳道給青年人，而他們心目中的道大概不離乎禮教，不離乎封建思想。強迫中小學生讀經沒有成爲事實，卻改了選讀古書，爲的是了解「固有文化」。爲了解「固有文化」而選讀古書，似乎是國民分內的事，所以大家沒有說話。可是後來有了「本位文化」論，引起許多人的反感，「本位文化」論跟早年的保存國粹論同而不同，這不是殘餘的而是新興的反動勢力。這激起許多人，特別是青年人，反對讀古書。

可是另一方面，在「本位文化」論之前有過一段關於「文學遺產」的討論。討論的主旨是如何接受文學遺產，倒不是揚棄它。自然，討論到「如何」接受，也不免有所分別揚棄的。討論似乎沒有多少具體的結果，但是「批判地接受」這個廣泛的原則，大家好像都承認。接著還有一回範圍較小、性質相近的討論。那是關於《莊子》和《文選》的。說《莊子》和《文選》的詞彙可以幫助語體文的寫作，的確有些不切實際。接受文學遺產若從「做」的一面看，似乎只有寫作的態度可以直接供我們參考。至於篇章字句，文言語體各有標準，我們盡可以比較研究，卻不能直接學習。因此，許多大中學生厭棄教本裡的文言，認為無益於寫作，他們反對讀古書，這也是主要的原因之一。但是流行的《作文法》《修辭法》《文學概論》這些書，舉例說明，往往古今中外兼容並包，青年人對這些書裡的「古文今解」倒是津津有味地讀著，並不厭棄似的。從這裡可以看出青年人雖然不願信古、不願學古，可是給予適當的幫助，他們卻願意也能夠欣賞古文學，這也就是接受文學遺產了。

說到古今中外，我們自然想到翻譯的外國文學。從新文學運動以來，語體翻譯的外國作品數目不少，其中近代作品佔多數，這幾年更集中於現代作品，尤其是蘇聯的。但是希臘羅馬的古典，也有人譯，有人讀，直到最近都如此。莎士比亞至少也有兩種譯本。可見一般讀者（自然是青年人多），對外國的古典也在愛好著。可見只要能夠讓他們接近，他們似乎是願意接受文學遺產的，不論中外。而事實上，外國的古典倒容易接近些。有些青年人以為，古書古文學裡的生活跟現代隔得太遠，遠得渺渺茫茫的，所以他們不能也不願接受那些。但是外國古典該隔得更遠了，怎麼事實上倒反容易接受些呢？我想從頭來說起，古人所謂「人情不相遠」是有道理的。儘管社會組織不一樣，儘管意識形態不一樣，人情總還有不相遠的地方。喜怒哀樂愛惡欲總還是喜怒哀樂愛惡欲，雖然對象不盡同，表現也不盡同。對象和表現的不同，由於風俗習慣的不同；風俗習慣的不同，由於地理環境和社會組織的不同。使我們跟古代跟外國隔得遠的，就是這種種風俗習慣，而使我們跟古文學、跟外國文學隔得遠的，尤其是可以算作風俗習慣的一環的語言文字。語體翻譯的外國文學打通了這一關，所以倒比古文學容易接受些。

人情或人性不相遠，而歷史是連續的，這才說得上接受古文學。但是這是現代，我們有我們的立場。得弄清楚自己的立場，再弄清楚古文學的立場，所謂「知己知彼」，然後才能分別出哪些是該揚棄的，哪些是該保留的。弄清楚立場就是清算，也就是批判，「批判地接受」就是一面接受著，一面批判著。自己有立場，卻並不妨礙了解或認識古文學，因爲一面可以設身處地爲古人著想，一面還是可以回到自己立場上批判的。這「設身處地」是欣賞的重要的關鍵，也就是所謂「感情移入」。個人生活在群體中，多少能夠體會別人，多少能夠爲別人著想。關心朋友、關心大衆，恕道和同情，都由於設身處地爲別人著想，甚至「替古人擔憂」也由於此。演戲，看戲，一是設身處地地演出，一是設身處地地看人。做人不要做壞人，做戲有時候卻得做壞人。看戲恨壞人，有的人竟會丟石子甚至動手去打那戲台上的壞人。打起來確是過了分，然而不能不算是欣賞那壞人做得好，好得教這種看戲的忘了「我」。這種忘了「我」

的人顯然沒有在批判著。有批判的就不致如此，他們欣賞著，一面常常回到自己，自己的立場。欣賞跟行動分得開，欣賞有時可以影響行動，有時可以不影響，自己有分寸，做得主，就不至於糊塗了。讀了武俠小說就結伴上峨眉山，的確是糊塗。所以培養欣賞力同時得培養批判力，不然，「有毒的」東西就太多了。然而青年人不願意接受有些古書和古文學，倒不一定是怕那「毒」，他們的第一難關還是語言文字。

打通了語言文字這一關，欣賞古文學的就不會少，雖然不會趕上欣賞現代文學的多。語體翻譯的外國古典可以爲證。語體的舊小說如《水滸傳》《西遊記》《紅樓夢》《儒林外史》，現在的讀者大概比二三十年前要減少了，但是還擁有相當廣大的讀衆。這些人欣賞打虎的武松、焚稿的林黛玉，卻一般地未必崇拜武松，尤其未必崇拜林黛玉。他們欣賞武松的勇氣和林黛玉的痴情，卻嫌武松無知識，林黛玉不健康。欣賞跟崇拜也是分得開的。欣賞是情感的操練，可以增加情感的廣度、深度，也可以增加高度。欣賞的對象或古或今、或中或外，影響行動或淺或深，但是那影響總是間接的，直接的影響是在情感上。有些行動固然可以直接影響情感，但是欣賞的機會似乎更容易得到些。要培養情感，欣賞的機會越多越好，就文學而論，古今中外越多能欣賞越好。其間古文和外國文學都有一道難關——語言文字。外國文學可用語體翻譯，古文學的難關該也不難打通的。

我們得承認古文確是「死文字」、死語言，跟現在的語體或白話不是一種語言。這樣看，打通這一關也可以用語體翻譯。這辦法早就有人用過，現代也還有人用著。記得清末有一部《古文析義》，每篇古文後邊有一篇白話的解釋，其實就是逐句的翻譯。那些翻譯夠清楚的，雖然囉唆些。但是那只是一部不登大雅之堂的啓蒙書，不會引起人們注意。五四運動以後，整理國故引起了古書今譯。顧頡剛先生的《盤庚篇今譯》（見《古史辯》），最先引起我們的注意。他是要打破古書奧妙的氣氛，所以將《尚書》裡詰屈聱牙的這《盤庚》三篇用語體譯出來，讓大家看出那「鬼治主義」的把戲。他的翻譯很謹嚴，也夠確切，最難得的，又是三篇簡潔明暢的白話散文，獨立起來看，也有意思。近來郭沫若先生在《由周代農事詩論到周代社會》一文（見《青銅時代》）裡翻譯了《詩經》的十篇詩，風雅頌都有。他是用來論周代社會的，譯文可也都是明暢的素樸的白話散文詩。此外還有將《詩經》《楚辭》《論語》作爲文學來今譯的，都是有意義的嘗試。這種翻譯的難處在乎譯者的修養，他要能夠了解古文學，批判古文學，還要能夠照他所了解與批判的譯成藝術性的或有風格的白話。

翻譯之外，還有講解，當然也是用白話。講解是分析原文的意義並加以批判，跟翻譯不同的是以原文爲主。筆者在《國文月刊》裡寫的《古詩十九首集釋》，葉紹鈞先生和筆者合作的《精讀指導舉隅》（其中也有語體文的講解），浦江清先生在《國文月刊》裡寫的《詞的講解》，都是這種嘗試。有些讀者嫌講得太瑣碎，有些卻願意細心讀下去。還有就是白話注釋，更是以讀原文爲主。這雖然有人試過，如《論語白話注》之類，可只是敷衍舊注，毫無新義，那注文又囉哩囉唆的。現在得從頭做起，最難的是注文用的白話；現行的語體文裡沒有這一體，得創作，要簡明樸實。選出該注釋的詞句也不易，有新義更不易。此外還有一條路，可以叫作擬作。謝靈運有《擬魏太子鄴中集》，綜合地擬寫建安詩人，用他們的口氣作詩。江淹有《雜擬詩》三十首，也是綜合而扼要地分別擬寫歷代無名的五言詩人，也用他們自己的口氣。這是用詩來擬詩。英國麥克士．比羅姆著《聖誕花環》，卻以聖誕節爲題用散文來綜合、扼要地擬寫當代各個作家。他寫照了各個作家，也寫照了自己。我們不妨如法炮製，用白話來嘗試。以上四條路都通到古文學的欣賞，我們要接受古代作家文學遺產，就可以從這些路子走進去。

文學的標準和尺度

我們說「標準」，有兩個意思。一是不自覺的，一是自覺的。不自覺的是我們接受的傳統的種種標準。我們應用這些標準衡量種種事物種種人，但是對這些標準本身並不懷疑、並不衡量，只照樣接受下來，作爲生活的方便。自覺的是我們修正了的傳統的種種標準，以及採用的外來的種種標準。這種種自覺的標準，在開始出現的時候，大概多少經過我們的衡量，而這種衡量是配合著生活的需要的。本文只稱不自覺的種種標準爲「標準」，改稱種種自覺的標準爲「尺度」，來顯示這兩者的分別。「標準」原也離不了尺度，但尺度似乎不像標準那樣固定，近來常說「放寬尺度」，既然可以「放寬尺度」，就不是固定了的。這種「標準」和「尺度」的分別，在一個變得快的時代最容易覺得出，在道德方面、學術方面如此，在文學方面也如此。

中國傳統的文學以詩文爲正宗，大多數出於士大夫之手。士大夫配合君主掌握著政權。做了官是大夫，沒有做官是士，士是候補的大夫。君主士大夫合爲一個封建集團，他們的利害是共同的。這個集團的傳統的文學標準，大概可用「儒雅風流」一語來代表。載道或言志的文學以「儒雅」爲標準，緣情與隱逸的文學以「風流」爲標準。有的人「達則兼濟天下，窮則獨善其身」，表現這種情志的是載道或言志。這個得有「正其誼不謀其利，明其道不計其功」的抱負，得有「怨而不怒」「溫柔敦厚」的涵養，得用「鎔經鑄史」「含英咀華」的語言。這就是「儒雅」的標準。有的人縱情於醇酒婦人，或寄情於田園山水，表現這種種情志的是緣情或隱逸之風。這個得有「妙賞」「深情」「玄心」，也得用「含英咀華」的語言。這就是「風流」的標準（關於「風流」的解釋，用馮友蘭先生語，見《論風流》一文中）。

在現階段看整個的傳統的文學，我們可以說「儒雅風流」是標準。但看歷代文學的發展，中間還有許多變化。即如詩本是「言志」的，陸機卻說「詩緣情而綺靡」。「言志」其實就是「載道」，與「緣情」大不相同。陸機實在是用了新的尺度。「詩言志」這一個詞在開始出現的時候，原也是一種尺度，後來得到公認而流傳，就成為一種標準。說陸機用了新的尺度，是對「詩言志」那個舊尺度而言。這個新尺度後來也得到公認而流傳，成為又一種標準。又如南朝文學的求新，後來文學的復古，其實都是在變化，在變化的時候也都是用著新的尺度。固然這種新尺度大致只伸縮於「儒雅」和「風流」兩種標準之間，但是每回伸縮的長短不同、疏密不同，各有各的特色。文學史的擴展從這種種尺度裡見出。

這種尺度表現在文論和選集裡也就是表現在文學批評裡。中國的文學批評以各種形式出現。魏文帝的《論文》是在一般學術的批評的《典論》裡，陸機《文賦》也許可以說是獨立的文學批評的創始，他將文作為一個獨立的課題來討論。此後有了選集，這裡面分別體類，敘述源流，指點得失，都是批評的工作，又有了《文心雕龍》和《詩品》兩部批評專著，還有史書的文學傳論，別集的序跋和別集中的書信。這些都是比較有系統的文學批評，各有各的尺度。這些尺度有的依據著「儒雅」那個標準，結果就是復古的文學；有的依據著「風流」那個標準，結果就是標準的文學。但是所謂復古，其實也還是求變化求新異，韓愈提倡古文，卻主張務去陳言，戛戛獨造，是最顯著的例子。古文運動從獨造新語上最見出成績來。胡適之先生說文學革命都從文字或文體的解放開始，是有道理的，因爲這裡最容易見出改變了的尺度。現代語體文學是標新的，不是復古的，卻也可以說是從文字或文體的解放開始，就從這語體上，分明地看出我們的新尺度。

這種語體文學的尺度，如一般人所公認，大部分是受了外國的影響，就是依據著種種外國的標準。但是我們的文學史中原也有這樣一股支流，和那正宗的或主流的文學由分而合地相配而行。明代的公安派和竟陵派自然是這支流的一段，但這支流的淵源很古久，截取這一段來說是不正確的。漢以前我們的言和文比較接近，即使不能說是一致。從孔子「有教無類」起，教育漸漸開放給平民，受教育的漸漸多起來。這種受了教育的人也被稱爲「士」，可是跟從前貴族的士不同，這些只是些「讀書人」。士的增多影響了語言和文體，話要說得明白、說得詳細，當時的著述是說話的記錄，自然也是這樣。這裡面該有平民語調的摻入，雖然我們不能確切地指出。漢代辭賦發達，主要的作爲宮廷文學，後來變爲遠於說話的駢儷的體制，士大夫就通用這種體制。可是另一方面，遊歷了通都大邑名山大川的司馬遷，卻還用那近乎說話的文體作《史記》，古里古怪的揚雄跟「問孔」「刺孟」的王充，也還用這種文體作《法言》和《論衡》，而樂府詩來自民間，不用問更近於說話。可見這種文體是廢不掉的。就是駢儷文盛行的時代，也還有《世說新語》，記錄那時代的說話。到了唐代的韓愈，提倡「氣盛言宜」的古文，「氣盛言宜」就是說話的調子，至少是近於說話的調子；還有語錄和筆記，起於唐而盛於宋，還有來自民間的詞，這些也都用著說話或近於說話的調子。東漢以來逐漸建立起來的門閥，到了唐代中葉垮了台，「尋常百姓」的士又增多起來，加上宋代印刷和教育的發達，所以那種詳明如話的文體就大大地發達了。到了元明兩代，又有了戲曲和小說，更是以說話體就是語體爲主。公安派、竟陵派接受了這股支流，努力想將它變成主流，但是這一個嘗試失敗了。直到現代，一個新的嘗試才完成了語體文學，新文學，也就是現代文學。

從以上一段語體文學發展的簡史裡可以看出種種伸縮的尺度。這些尺度大體上固然不出乎「儒雅」和「風流」那兩個標準，可是像語錄和筆記，有些恐怕只夠「儒」而不夠「雅」，有些恐怕既不夠「儒」也不夠「雅」，不夠「雅」因爲用俗語或近乎俗語，不夠「儒」因爲只是一些細事，無關德教，也與風流不相干。漢樂府跟《世說新語》也用俗語，雖然現在已將那些俗語看作了古典。戲曲和小說有的別忠奸，寓勸懲，敘風流，固然夠得上標準，有的卻不夠儒雅，不算風流。在過去的文學傳統裡，這兩種本沒地位，所謂不在話下。不過我們現在得給這些不夠格的分別來個交代。我們說戲曲和小說可以見人情物理，這可以叫作「觀風」的尺度。《禮記》裡說詩可以「觀民風」，可以觀風，也就拐了彎兒達到了「儒雅」那個標準。戲曲和小說不但可以觀民風，還可以觀士風，而觀風就是寫實，就是反映社會、反映時代。這是社會的描寫，時代的記錄。在我們看來，用不著再繞到「儒雅」那個標準之下，就足夠存在的理由了。那些無關政教也不算風流的筆記，也可以這麼看。這個「人情物理」或「觀風」的尺度原是依據了「儒雅」那個標準定出來的，可是唐代中葉以後，這個尺度似乎已經暗地裡獨立運用，這已經不是上德化下的尺度而是下情上達的尺度了。人民參加且定了這個尺度，而俗語的摻入文學，正與這個尺度配合著。

說是人民參加且訂定文學的尺度，如上文所提到的，該起於春秋末年貴族漸漸沒落、平民漸漸興起的時候。這些受了教育的平民加入了統治集團，多少還帶著他們的情感和語言。這種新的士流日漸增加，自然就影響了文化的面目乃至精神。漢樂府的蒐集與流行，就在這樣氛圍之中。《韓詩》解《伐木》一篇說到「飢者歌其食，勞者歌其事」。「飢者歌其食，勞者歌其事」正是「人情物理」，正是「觀風」，這說明了三百篇詩的一些詩，也說明了樂府裡的一些詩。「飢者歌其食，勞者歌其事」，自然周代的貴族也會如此的，可是這兩句話帶著濃重的平民的色彩；配合著語言的通俗，尤其可以見出。這就是前面說的「參加」，這參加倒是不自覺的。但那「人情物理」或「觀風」的尺度的制定卻是自覺的。漢以來的社會是士民對立，同時也是士民流通。《世說新語》裡記錄一些俗語，取其自然。在「風流」的標準下，一般的固然以「含英咀華」的語言爲主，但是到了這時代稍加改變，取了「自然」這個尺度，也不足爲怪的。

唐代中葉以後，士民間的流通更自由了，士人是更多了，於是乎「人情物理」的著作也更多。元代蒙古人壓迫漢人，士大夫的地位降低下去。眞正領導文壇的是一些吏人以及「書會先生」。他們依據了「人情物理」的尺度作了許多戲曲。明代士大夫的地位高了些，但是還在暴君壓制之下。他們這時卻恢復了文壇的領導權，他們可也在作戲曲，並且在提倡小說，作小說了。公安派、竟陵派就是受了這種風氣的影響而形成的。淸代士大夫的地位又高了些，但是又在外族統治之下，還不能恢復元代以前的地位。他們也在作戲曲和小說，可是戲曲和小說始終還是小道，不能跟詩文並列爲正宗。「人情物理」還是一種尺度，不能成爲標準。但是平民對文學的影響確乎漸漸在擴大。原來士民的對立並不是嚴格的。尤其在文學上，平民所表現的生活還是以他們所「不能至而心嚮往之」的士大夫生活爲標準。他們受自己的生活折磨夠了，只羨慕著士大夫的生活，可又只能耐著苦羨慕著，不知道怎麼用行動去爭取，至多是表現在他們的文學就是民間文學裡低級趣味是免不了的，但那時他們的理想是爬上高處去。這樣，士大夫的文學接受他們的影響，也算是個順勢。雖然「人情物理」和「通俗」到淸代還沒有成爲標準，可是「自然」這尺度以晉代以來已經漸漸成爲一種標準。這究竟顯出了人民的力量。

大清帝國改了「中華民國」，新文化運動、新文學運動配合著五四運動畫出了一個新時代。大家擁戴的是「德先生」和「賽先生」，就是民主與科學。但是實際上做到的是打倒禮教也就是反封建的工作。反封建解放了個人，也發現了民眾，於是乎有了個人主義和人道主義，前者是實踐，後者還是理論。這裡得指出在那個階段上，我們是接受了種種外國標準，面向現代化進行著。這時的社會已經不是士民的對立，而是封建的軍閥官僚和人民的對立。從清末開設學校，受教育的人大量增多。士或讀書人漸漸變了質，到這時一部分成爲軍閥和官僚的幫閒，大部分卻成了游離的知識階級。知識階級從軍閥和官僚獨立，卻還不能跟民眾聯合起來，所以是游離著。這裡面大部分是青年學生。這時候的文學是語體文學，開始似乎是應用著「人情物理」「通俗」那兩個尺度以及「自然」那個標準。然而「人情物理」變了質成爲「打倒禮教」，就是「反封建」即「個人主義」這個標準，「通俗」和「自然」讓步給那「歐化」的新尺度，這「歐化」的尺度後來並且也成了標準。用歐化的語言表現個人主義，順帶著人道主義，是這時期知識階級向著現代化的路。

五四運動接著國民革命，發展了反帝國主義運動，於是「反帝國主義」也成了文學的一種尺度。抗戰起來了，「抗戰」立即成了一切的標準，文學自然也在其中。勝利卻帶來了一個動亂時代，民主運動發展，「民主」成了廣大應用的尺度，文學也在其中。這時候知識階級漸漸走近了民眾，「人道主義」那個尺度變質成爲「社會主義」的尺度，「自然」又調劑著「歐化」，這樣與「民主」配合起來。但是，實際上做到的還只是暴露醜惡和鬥爭醜惡。這是向著新社會發展的路。受教育的越來越多，這條路上的人也將越來越多，文學終於要配合上那新的「民主」的尺度向前邁進的。大概文學的標準和尺度的變換，都與生活配合著，採用外國的標準也如此。表面上好像只是求新，其實求新是爲了生活的高度、深度或廣度。社會上存在著特權階級的時候，他們只見到高度和深度，特權階級垮台以後，才能見到廣度。從前有所謂雅俗之分，現在也還有低級趣味，就是從高度、深度來比較的。可是現在漸漸強調廣度，去配合著高度、深度，普及同時也提高，這才是新的「民主」的尺度。要使這新尺度成爲文學的新標準，還有待於我們自覺的努力。

了解與欣賞

——這裡討論的是關於了解與欣賞能力的訓練

了解與欣賞爲中學國文課程中重要的訓練過程。兒童從小就能對於語言漸漸地了解，不過對於文字的了解必須加以強制學習的訓練。成年人平時讀書閱報大都是採取一種「不求甚解」的態度。這是一般綜合的實用的態度。但在國文教學，教師準備時，必須字字查清楚、弄明白。學生呢，在學習時也必須字字求了解。這與一般不求甚解的態度剛好相反，然而不求甚解的那份能力正是經過分章析句的學習過程而得到的，必須有了咬文嚼字的教學培養後，才能眞正達到那種不求甚解的境界；沒有經過一番文字分析的訓練，欲不求甚解，也不易得呢。通常教授國文的，大都很注重字義。實在除掉注重字義的辦法以外，還應當顧及下面的幾種分析的方法。

一、句子的形式（句式）

某種特殊句子的形式，不僅是作者在技巧方面的表現，也是作者別有用心處。講解國文時必須加以說明。例如魯迅先生的《秋夜》的開端：

在我的後園，可以看見牆外有兩株樹，一株是棗樹，還有一株也是棗樹。

這不是普通的敘說，句子的形式很特殊，給人一種幽默感。作者存心要表現某種特殊的情感。這兒開始就顯示出一個太平凡的境界，因爲魯迅先生所見到的窗外，除掉兩株棗樹，便一無所見。更使人厭倦的是人坐在屋裡，一抬頭望窗外，立刻映入眼簾的東西，就只是兩株棗樹，愛看也是這些，不愛看也是這些，引起人膩煩的感覺。一種太平凡的境界，用不平凡的句式來顯示，是修辭上的技巧。明白了這兩句的意思與作用，就兼有了了解與欣賞。又如同篇：

這上面的夜的天空，奇怪而高……

這是作者在文字排列上用功夫，兩句都不是普通的說法。上半句表現兩層意思：①棗樹上的天空，②夜的天空。兩層意思而用同一音位表示，是修辭上的經濟辦法。文字的經濟便是一種文字的技巧。平常的語言，可有兩式：

夜間這上面的天空……

上面的天空在夜間……

讀起來便都有了停頓，時間上顯得十分不經濟，意也沒有原句透露。下半句「奇怪而高」，口語中常說「高而奇怪」，單詞習慣大多數在前面。現在說「奇怪而高」，句法就顯得別緻，作者在這裡便用來表示秋夜天空的特殊。

二、**段落**

寫段落大意是中學國文課上常用的方法。但通常只把各段的大意寫出，而於全文分段的作用與關係，往往缺少綜合的說明。教師指導學生寫段落大意，每段大意，常只用一二句話表示。這裡便應當注意語句間的聯絡，要能顯出原文的組織和發展次序。

三、**主旨**

教師必須提醒學生注意一篇文章中足以代表全文主旨的重要語句，並指導學生研究全文主旨如何發展。古文稱文章中重要的語句爲「警句」。警句往往是全篇的線索。讀一篇文章最要緊的事便是要能找到線索。作者往往把文章的線索隱寓在文中的一二句重要的語句裡面，例如龔自珍《說居庸關》，「疑若可守然」五字是全文的主旨所在，教師便須注意此主旨的發展。

四、組織

文章組織的變化，也是作者在技巧上用的功夫，說明這種文章組織的變化，是了解與欣賞範圍內極重要的事。例如上舉《說居庸關》，「疑若可守然」五字，一段中連用五次；又「自入南口」連用六次。這是疊句法，亦是關鍵語，在組織上增加一種節奏。最後三小段文章最堪注意，在整齊的組織中寓有變化。末兩段一寫蒙古人，一寫漏稅，指出間道，均逼出居庸關之不足守，與前文相應答。這是組織上的一種變化，讀者容易忽略過去的，教時應當加以說明。中間寫遇到蒙古人，說了一大段，表示清朝的威嚴，作者是用讚嘆的口氣。

五、詞語

在一篇文章中應當注意作者慣用的詞語和詞語的特殊意義。例如上舉《說居庸關》中「蒙古」一詞指的是蒙古人。

六、比喻、典故、例證

先講比喻。

康白情的《朝氣》，內容是描寫農家種植的生活，題目何以稱爲「朝氣」呢？農家生活的描寫與朝氣究竟有何關係呢？這些問題教師是要暗示學生提出來詳細討論的。農家生活的描寫實在是一個比喻，作者是別有寄託的。文學作品中的具體故事，往往帶上一些抽象性。大概一個比喻的應用，包含三方面的意義。如「朝氣」：

（一）喻依[1]——農家的生活。

（二）喻體[2]——勞工的趣味。

（三）意旨——由趣味的工作得到美滿的結果，顯示出生活中朝氣的景象。這是文學上表達技巧很重要的一條原則，應當讓學生區分得很清楚。又如謝冰心的《笑》，用重複的組織，對於雨、月夜、花連說出三個笑容，表示愛的調和。「如登仙界，如歸故鄉」，是極普通的比喻，但能顯示出純潔快樂的意味。

1 編者注——比喻的事物或情境。
2 編者注——要比喻的主體。

次講典故。

古文中的用典是學生最感覺麻煩的事情。講解古文時說明古典出處也是極佔時間的。但是教師往往只說明古典本身的意義，而常忽略了這個典故在本文裡的作用。這樣使讀者只記古典出處，便感覺乏味了，更談不到欣賞。原來用典的使用，也是使文字經濟的一種辦法，作者因爲要表達心中的事或情，不必完全直說，借用過去的一樁熟悉的而且與當下相關的事物來顯示。大凡文學上的典故都經過許多作家的手改造過，而成爲很好的形式。因此用典的作用，一方面是使文字經濟，一方面也是避免直說，增加讀者的聯想，使內容豐富。現代語體文中典故也是常見的。如冰心的《笑》裡用「安琪兒」一詞，教時也應當說明其出處。

再講例證。

在說明文和議論文中有些時候往往遇到抽象的概念，教師在說解時必須要設法用一兩個較具體的例證加以說明。如蔡元培的《雕刻》裡面許多美術上的概念，教師應當設法舉出淺顯的實例，加以說明。又如東坡說「畫中有詩，詩中有畫」，也應當舉出實例，說明詩與畫兩者之間所以溝通的道理。

總結起來說，關於了解與欣賞應當特別注意的有三點：

一是語言的經濟。注意句讀頓停多少與力量是否集中。

一是比較的方法。講散文時可用詩句作比較，講詩時可用散文作比較。文中的語句可與口中的說話比較。讀魯迅先生的《秋夜》，便可與葉紹鈞先生的《沒有秋蟲的地方》比較。比較的方法對於了解與欣賞是極有幫助的。

一是文字的新變。一個作家必須要能深得用字的妙趣，古人稱爲「煉字」，便是指作家用字時打破習慣而變新的地方，教師就也要在這方面求原文作者的用心。

訓練的方法，除教師講解外，在學生方面，熟讀的功夫是不可少的。吟誦與了解極有關係，是欣賞必經的步驟。吟誦時對於寫在紙上死的語言可以從聲音裡得其意味，變成活的語氣。不過在朗誦時，要能分辨語氣的輕重，要使聲調有緩急，合於原文意思發展的節奏。注意本文的意思，不要被聲音掩蓋了，滑過去。默讀是不出聲的，偏於用眼，但也不要讓意思跟了眼睛滑過去。

最後，問題的研究，在讀文章時是常有的事。但是問題的提出要有分量、要有意義。最好教師只居於被動地位，用暗示方法，幫助學生發現問題、解決問題。

怎樣學習國文

——在昆明中法中學講演

國文這科，在學校裡是一種重要的功能，與英算居同等的地位。可是現在呢？國文只是名義上的重要了，其主要的原因，就是一般學生存著錯誤的觀念，以爲我們是中國人，學中國文，當然是容易的，於是多半對這門功課不很用功。無論白話文也罷，文言文也罷，在學習的時候，往往詞不達意的地方很多，這就是沒有對國文這科下過一番功夫的緣故。

最近的輿論，以爲中學生的國文程度很低落。這種低落，指的是哪方面？所謂低落，若是在文言文這方面，確實是比較低落，尤其是近十餘年來，中學生學作文言，許多地方眞是不通。讀文言的能力也不夠。但從做白話文這方面來說，一般的標準是大大地進步了，對於寫景、抒情的能力，尤其非常地可觀。可是除此而外，以白話寫議論及應用文的能力，卻非常地落後。

中學生對於「讀」的功夫是太差了，現在把「讀」的意義簡單地說一說。「讀」這方面，它是包含著了解的程度及欣賞的程度。就像看一張圖畫，你覺得它確實太好了，但問你好到什麼境地，那麼得由你自己去體會，從體會的能力，就見出欣賞的深淺。

古人作一篇文章，他是有了濃厚的感情，發自他的胸腑，才用文字表現出來的。在文字裡隱藏著他的靈魂，使旁人讀了能夠與作者共感共鳴。我們現在讀文言，是因爲時間遠隔，古今語法不同，詞彙差別很大，你能否從文字中體會古人的感情呢？這需要訓練，需要用心，慢慢地去揣摩古人的心懷，然後才發現其中的奧蘊，這就是一般人覺得文言文了解的程度，比白話文實在是難的地方。

再進一步，可以說，白話與文言固然不同，白話與口語，又何嘗一致呢？在五四運動的時候，有人提出口號：「文語一致」。這只是理想而已。「文」是許多字句組織起來的，「語」則不然，說話的時候，有聲調、快慢、動作等因素來幫助它，可以隨便地說，只要使對方的人能夠了解。總之，「語」確定是比「文」容易。

文言文，大學生與中學生都不大喜歡讀的，大半因爲文言文中的詞彙不容易了解，譬如文言文中的「吾誰欺？」在白話文中是「我欺負哪一個？」的意思。如果你不了解古代文法，也許會想到別的意義上去，然而只要多讀它幾遍，多體會一下，了解的程度就不同；所以「讀」的功夫，我是以爲非常重要的。

我們之所以對於典籍冷淡，另一方面，是因爲它裡面的事實，與我們現在不同。電影、汽車、飛機等類，在古代書籍中就見不到。反之，古代許多事物在我們現在也無從看到，譬如官制、禮節、服裝等，必須考據才能知道，這都阻礙我們閱讀的興趣。然而，只在用心，是沒有什麼困難不可以克服的。

生在民國的人們，學做文章，便不須要像做古文那樣費很大的力量，只要你多讀近代的作品，欣賞過近代的文學作品，博覽過近代的翻譯書籍、文學名著，那麼，你寫的文章，也可以很通順，這是不用舉例證明的。文言文中的應用文，再過二十年，必定也要達到被廢棄的境地，因為白話文的勢力，漸漸地侵入往來的公文中、交際的信函中了。

由於文言文在日常應用上漸漸地失去效用，我們對於過去用文言文寫的典籍，便漠不關心，這是錯誤的思想。因為我們過去的典籍，我們閱讀它、研究它，可以得到古代的學術思想，了解古代的生活狀況，這便是中國人對於中國歷史認識的任務；你多讀文言，多研究歷史、典籍、古文，這閱讀工作的本身就是值得尊重的！

讀文言最難的一步工作，是須要查字典、找考證、死記憶，有一種人圖省事，對這步工作疏忽，囫圇吞棗地讀下去，還自號「不求甚解」，這種態度，太錯誤了。假若我們模仿陶淵明的「好讀書，不求甚解」的態度，那是有害無益的。他的不求甚解，是因為學問已經很淵博了，隱居時才自稱「不求甚解」的，這句話含著他的人生觀，青年人是萬萬不能從表面去仿效的。如果你以為他的不求甚解，就是馬虎過去的意思，那麼你非但沒有了解「不求甚解」這句話的意義，對於你所讀的書，就更無從了解。

碰見文言中不懂的詞彙，除了請教國文老師而外，必須自己去查字典，以求「甚解」。如文言中的「馳騁文場」這成語，有一個人譯到外國去是「人在書堆裡跑馬」的意思，這豈不是笑話嗎？又如「巨擘」，原意是大拇指，而它普通的意義是「第一等」或「呱呱叫」等意義的讚語，這些地方就得留神，才不會出錯。

再舉一例：

白日依山盡，黃河入海流。欲窮千里目，更上一層樓。

它在詞句上直接表示的意境已非常優美，但這首詩更說出另一種道理，它暗示人生，必須往高處走。所以我們讀這首詩的時候，最要緊的是要懂得「言外之意」。又如下例：

銅爐在嚮往深山的礦苗，瓷壺在嚮往江邊的陶泥……

這兩句新詩，它的含意似乎更深了，有些人不解，但如果讀了全文，便知道是非常容易明白的話。由此可見，詩裡含著高尚的感情，要你多欣賞、多誦讀，必能了解得更深刻。

此外關於了解文章的組織，也是必須的，須得把每篇文章做大綱，研究它怎樣發展出來，中心在哪裡，還要注意它表面的次序，這種功夫，須得從現在就養成習慣，訓練這種精神。

最後，我要告訴大家，是關於寫作方面，那你必須了解「創作」與「寫作」的性質是不同的。自五四運動以後，許多人都希望成爲一個作家，可是在今天，我們所能看見成功的、出名的，確是寥寥無幾。推究失敗的原因，是到處濫用文學的感情和用語，時時借文學發洩感情，文學的成分太多了，不能恰到好處，反而失去文學眞正的意義。

要糾正我們這些壞習慣，必須從報章文體學習。而我們更要學寫議論文，從小的範圍著手，揀與實際生活有密切關係的問題練習寫，像關於學校中的伙食問題，你抓住要點，清清楚楚地寫出來，即是有條理的文章。新聞事業在今世突飛猛進，發展的速度可以超乎其他文體之上，因爲它是簡捷而扼要。這種文體，我希望大家能努力去學。與其想成爲一個文學家，不如學做一個切切實實的新聞記者。

禪家的語言

我們知道禪家是「離言說」的，他們要將嘴掛在牆上。但是禪家卻最能夠活用語言。正像道家以及後來的清談家一樣，他們都否定語言，可是都能識得語言的彈性，把握著，運用著，達成他們的活潑無礙的說教。不過道家以及清談家只說到「得意忘言」「言不盡意」，還只是部分地否定語言，禪家卻徹底地否定了它。《古尊宿語錄》卷二記百丈懷海禪師答僧問「祖宗密語」說：

> 美無有密語，如來無有祕密藏。……但有語句，盡屬法之塵垢。但有語句，盡屬煩惱邊收。但有語句，盡屬不了義教。但有語句，盡不許也，了義教俱非也。更討什麼密語！

這裡完全否定了語句，可是同卷又記著他的話：

> 但是一切言教只如治病，為病不同，藥亦不同。

所以有時說有佛，有時說無佛。實語治病，病若得瘥，個個是實語；病若不瘥，個個是虛妄語。實語是虛妄語，生見故。虛妄是實語，斷衆生顚倒故。爲病是虛妄，只有虛妄藥相治。

又說：

世間譬喻是順喻，不了義教是順喻。了義教是逆喻，捨頭目髓是逆喻，如今不愛佛菩提等法是逆喻。

虛實順逆卻都是活用語言。否定是站在語言的高頭，活用是站在語言的中間；層次不同，說不到矛盾。明白了這個道理，才知道如何活用語言。

北平《世間解》月刊第五期上有顧隨先生的《揣籥錄》，第五節題爲《不是不是》，中間提到「如何是(達摩)祖師西來意」一問，提到許多答語，說只是些「不是，不是！」這確是一語道著，斬斷葛藤。但是「不是，不是！」也有各色各樣。顧先生提到趙州和尚，這裡且看看他的一手。《古尊宿語錄》卷十三記學人問他：

問：「如何是趙州一句？」
師云：「半句也無。」
學云：「豈無和尚在？」
師云：「老僧不是一句。」

卷十四又記：

問：「如何是一句？」
師云：「道什麼？」
問：「如何是一句？」
師云：「兩句。」

同卷還有：

問：「如何是目前一句？」

師云：「老僧不如你！」

這都是在否定「一句」，「一句」「密語」。第一個答語，否定自明。第二次答「兩句」，「兩句」不是「一句」，牛頭不對馬嘴，還是個否定。第三個答語似乎更不相干，卻在說：不知道，沒有「目前一句」，你要，你自己悟去。

同樣，他否定了「祖師西來意」那問語。同書卷十三記學人問「如何是祖師西來意」？

師云：「庭前柏樹子。」

卷十四記著同一問語：

師云：「床腳是。」

云：「莫便是也無？」（就是這個嗎？）

師云：「是即脫取去。」（是就拿下帶了去。）

還有一次答話：

師云：「東壁上掛葫蘆，多少時也！」

「即心即佛」「非心非佛」「祖師西來意」是不可說的，這裡卻說了，說得很具體。但是「柏樹子」「床腳」「葫蘆」，這些用來指點的眼前景物。可以說都和「西來意」了不相干，所謂「逆喻」，是用肯定來否定，說了還跟沒有說一樣。但是同卷又記著：

問：「柏樹子還有佛性也無？」

師云：「有。」

云：「幾時成佛？」

師云：「待虛空落地。」

云：「虛空幾時落地？」

師云：「待柏樹子成佛。」

即是「虛空」，何能「落地」？這句話否定了它自己，現在我們稱為無意義的話。「待柏樹子成佛」是兜圈子，也等於沒有說，我們稱為丐詞。這些也都是用來肯定來否定的。但是柏樹子有佛性，前面那些答話就又不是了不相干了。這正是活用，我們稱為多義的話。

同卷緊接著的一段：

問：「如何是西來意？」

師云：「因什麼向院裡罵老僧！」

云：「學人有何過？」

師云：「老僧不能就院裡罵得闍黎。」（闍黎＝師）

又記著：

問：「如何是西來意？」

師云：「板齒生毛。」

這裡前兩句答話也是了不相干，但是不是眼前有的景物，而是眼前沒有的事；沒有的事是沒有，是否定。但是「罵老僧」「罵闍黎」就是不認得僧，不認得師，因而這一問也就是不認得祖師。這也是兩面兒話，或說是兩可的話。末一句答話說板牙上長毛，也是沒有的事，並且是不可能的事；「西來意」是不可能說的。同卷還有兩句答話：

師云：「如你不喚作祖師，意猶未在。」

這是說沒有「祖師」，也沒有「意」。

師云：「什麼處得者消息來！」

意思是跟上句一樣。這都是直接否定了問句，比較簡單好懂。顧先生說「庭前柏樹子」一句「流傳宇宙，震爍古今」，就因爲那答話裡是個常物，卻出乎常情，卻又不出乎禪家「無多子」的常理。這需要活潑無礙地運用想像，活潑無礙地運用語言。這就是所謂「機鋒」。「機鋒」也有路數，本文各例可見一斑。

論雅俗共賞

陶淵明有「奇文共欣賞，疑義相與析」的詩句，那是一些「素心人」的樂事，「素心人」當然是雅人，也就是士大夫。這兩句詩後來凝結成「賞奇析疑」一個成語。「賞奇析疑」是一種雅事，俗人的小市民和農家子弟是沒有份兒的。然而又出現了「雅俗共賞」這一個成語，「共賞」顯然是「共欣賞」的簡化，可是這是雅人和俗人或俗人跟雅人一同在欣賞，那欣賞的大概不會還是「奇文」罷。這句成語不知道起於什麼時代，從語氣看來，似乎雅人多少得理會到甚至遷就著俗人的樣子，這大概是在宋朝或者更後罷。

原來唐朝的安史之亂可以說是我們社會變遷的一條分水嶺。在這之後，門第迅速地垮了台，社會的等級不像先前那樣固定了，「士」和「民」這兩個等級的分界不像先前的嚴格和清楚了，彼此的分子在流通著、上下著。而上去的比下來的多，士人流落民間的究竟少，老百姓加入士流的卻漸漸多起來。王侯將相早就沒有種了，讀書人到了這個時候也沒有種了；只要家裡能夠勉強供給一些，自己有些天分，又肯用功，就是個「讀書種子」；去參加那些公開的考試，考中了就有官做，至少也落個紳士。這種進展經過唐末跟五代的長期的變亂加了速度，到宋朝又加上印刷術的發達，學校多起來了，士人也多起來了，士人的地位加強，責任也加重了。這些士人多數是來自民間的新的分子，他們多少保留著民間的生活方式和生活態度。他們一面學習和享受那些雅的，一面卻還不能擺脫或蛻變那些俗的。人既然很多，大家是這樣，也就不覺其寒磣；不但不覺其寒磣，還要重新估定價值，至少也得調整那舊來的標準和尺度。「雅俗共賞」似乎就是新提出的尺度或標準，這裡並非打倒舊標準，只是要求那些雅士理會到或遷就些俗士的趣味，好讓大家打成一片。當然，所謂「提出」和「要求」，都只是不自覺地看來是自然而然的趨勢。

中唐的時期，比安史之亂還早些，禪宗的和尚就開始用口語記錄大師的說教。用口語為的是求真與化俗，化俗就是爭取群眾。安史亂後，和尚的口語記錄更其流行，於是乎有了「語錄」這個名稱，「語錄」就成了一種著述體。到了宋朝，道學家講學，更廣泛地留下了許多語錄；他們用語錄，也還是為了求真與化俗，還是為了爭取群眾。所謂求真的「真」，一面是如實和直接的意思。禪家認為第一義是不可說的，語言文字都不能表達那無限的可能，所以是虛妄的。然而實際上語言文字究竟是不免要用的一種「方便」，記錄的文字自然越近實際的、直接的說話越好。在另一面，這「真」又是自然的意思，自然才親切，才讓人容易懂，也就是更能收到化俗的功效，更能獲得廣大的群眾。道學主要的是中國的正統的思想，道學家用了語錄做工具，大大地增強了這種新的文體的地位，語錄就成了一種傳統。比語錄體稍稍晚些，還出現了一種宋朝叫作「筆記」的東西。這種作品記述有趣味的雜事，範圍很寬，一方面發表作者自己的意見，所謂議論，也就是批評，這些批評往往也很有趣味。作者寫這種書，只當作對客閒談，並非一本正經，雖然以文言爲主，可是很接近說話。這也是給大家看的，看了可以當作「談助」，增加趣味。宋朝的筆記最發達，當時盛行、流傳下來的也很多。目錄家將這種筆記歸在「小說」項下，近代書店匯印這些筆記，更直題爲「筆記小說」；中國古代所謂「小說」，原是指記述雜事的趣味作品而言的。

那裡我們得特別提到唐朝的「傳奇」。「傳奇」據說可以見出作者的「史才、詩、筆、議論」，是唐朝士子在投考進士以前用來送給一些大人先生看，介紹自己，求他們給自己宣傳的。其中不外乎靈怪、豔情、劍俠三類故事，顯然是以供給「談助」、引起趣味爲主。無論照傳統的意念，或現代的意念，這些「傳奇」無疑的是小說，一方面也和筆記的寫作態度有相類之處。照陳寅恪先生的意見，這種「傳奇」大概起於民間，文士是仿作，文字裡多口語化的地方。陳先生並且說唐朝的古文運動就是從這兒開始。他指出古文運動的領導者韓愈的《毛穎傳》，正是仿「傳奇」而作。我們看韓愈的「氣盛言宜」的理論和他的參差錯落的文句，也正是多多少少在口語化。他的門下的「好難」「好易」兩派，似乎原來也都是在試驗如何口語化。可是「好難」的一派過分強調了自己，過分想出奇制勝，不管一般人能夠了解欣賞與否，終於被人看作「詭」和「怪」而失敗，於是宋朝的歐陽修繼承了「好易」的一派的努力而奠定了古文的基礎——以上說的種種，都是安史之亂後幾百年間自然的趨勢，就是那雅俗共賞的趨勢。

宋朝不但古文走上了「雅俗共賞」的路，詩也走向這條路。胡適之先生說宋詩的好處就在「做詩如說話」，一語破的指出了這條路。自然，這條路上還有許多曲折，但是就像不好懂的黃山谷，他也提出了「以俗爲雅」的主張，並且點化了許多俗語成爲詩句。實踐上「以俗爲雅」，並不從他開始，梅聖俞、蘇東坡都是好手，而蘇東坡更勝。據記載，梅和蘇都說過「以俗爲雅」這句話，可是不大靠得住；黃山谷卻在《再次楊明叔韻》一詩的「引」裡鄭重地提出「以俗爲雅，以故爲新」，說是「舉一綱而張萬目」。他將「以俗爲雅」放在第一，因爲這實在可以說是宋詩的一般作風，也正是「雅俗共賞」的路。但是加上「以故爲新」，路就曲折起來，那是雅人自賞，黃山谷所以終於不好懂了。不過黃山谷雖然不好懂，宋詩卻終於回到了「做詩如說話」的路，這「如說話」，的確是條大路。

雅化的詩還不得不回向俗化，剛剛來自民間的詞，在當時不用說自然是「雅俗共賞」的。別瞧黃山谷的有些詩不好懂，他的一些小詞可夠俗的。柳耆卿更是個通俗的詞人。詞後來雖然漸漸雅化或文人化，可是始終不能雅到詩的地位，它怎麼著也只是「詩餘」。詞變爲曲，不是在文人手裡變，是在民間變的；曲又變得比詞俗，雖然也經過雅化或文人化，可是還雅不到詞的地位，它只是「詞餘」。一方面從晚唐和尚的俗講演變出來的宋朝的「說話」就是說書，乃至後來的平話以及章回小說，還有宋朝的雜劇和諸宮調等轉變成功的元朝的雜劇和戲文，乃至後來的傳奇，以及皮簧戲，更多半是些「不登大雅」的「俗文學」。這些除元雜劇和後來的傳奇也算是「詞餘」以外，在過去的文學傳統裡簡直沒有地位；也就是說這些小說和戲劇在過去的文學傳統裡多半沒有地位，有些有點地位，也不是正經地位。可是雖然俗，大體上卻「俗不傷雅」，雖然沒有什麼地位，卻總是「雅俗共賞」的玩意兒。

「雅俗共賞」是以雅爲主的，從宋人的「以俗爲雅」以及常語的「俗不傷雅」，更可見出這種賓主之分。起初成群俗士蜂擁而上，固然逼得原來的雅士不得不理會到甚至遷就著他們的趣味，可是這些俗士需要擺脫的更多。他們在學習，在享受，也在蛻變，這樣漸漸適應那雅化的傳統，於是乎新舊打成一片，傳統多多少少變了質繼續下去。前面說過的文體和詩風的種種改變，就是新舊雙方調整的過程，結果遷就的漸漸不覺其爲遷就，學習的也漸漸習慣成了自然，傳統的確稍稍變了質，但是還是文言或雅言爲主，就算跟民衆近了一些，近得也不太多。

至於詞曲，算是新起於俗間，實在以音樂爲重，文辭原是無關輕重的；「雅俗共賞」，正是那音樂的作用。後來雅士們也曾分別將那些文辭雅化，但是因爲音樂性太重，使他們不能完成那種雅化，所以詞曲終於不能達到詩的地位。而曲一直配合著音樂，雅化更難，地位也就更低，還低於詞一等。可是詞曲到了雅化的時期，那「共賞」的人卻就雅多而俗少了。眞正「雅俗共賞」的是唐、五代、北宋的詞，元朝的散曲和雜劇，還有平話和章回小說以及皮簧戲等。

皮簧戲也是音樂爲主，大家直到現在都還在哼著那些粗俗的戲詞，所以雅化難以下手，雖然一二十年來這雅化也已經試著在開始。平話和章回小說，傳統裡本來沒有，雅化沒有合適的榜樣，進行就不易。《三國演義》雖然用了文言，卻是俗化的文言，接近口語的文言，後來的《水滸》《西遊記》《紅樓夢》等就都用白話了。不能完全雅化的作品在雅化的傳統裡不能有地位，至少不能有正經的地位。雅化程度的深淺，決定這種地位的高低或有沒有，一方面也決定「雅俗共賞」的範圍的小和大——雅化越深，「共賞」的人越少，越淺也就越多。所謂多少，主要的是俗人，是小市民和受教育的農家子弟。在傳統裡沒有地位或只有低地位的作品，只算是玩意兒。然而這些才接近民眾，接近民眾卻還能教「雅俗共賞」，雅和俗究竟有共通的地方，不是不相理會的兩橛了。

單就玩意兒而論，「雅俗共賞」雖然是以雅化的標準爲主，「共賞」者卻以俗人爲主。固然，這在雅方得降低一些，在俗方也得提高一些，要「俗不傷雅」才成；雅方看來太俗，以至於「俗不可耐」的，是不能「共賞」的。但是在什麼條件之下才會讓俗人所「賞」的，雅人也能來「共賞」呢？我們想起了「有目共賞」這句話。孟子說過「不知子都之姣者，無目者也」，「有目」是反過來說，「共賞」還是陶詩「共欣賞」的意思。子都的美貌，有眼睛的都容易辨別，自然也就能「共賞」了。孟子接著說：「口之於味也，有同嗜焉；耳之於聲也，有同聽焉；目之於色也，有同美焉。」這說的是人之常情，也就是所謂人情不相遠。但是這不相遠似乎只限於一些具體的、常識的、現實的事物和趣味。譬如北平罷，故宮和頤和園，包括建築、風景和陳列的工藝品，似乎是「雅俗共賞」的，天橋在雅人的眼中似乎就有些太俗了。說到文章，俗人所能「賞」的也只是常識的、現實的。東漢的王充出身是俗人，他多多少少代表俗人說話，反對難懂而不切實用的辭賦，卻讚美公文能手。公文這東西關係雅俗的現實利益，始終是不曾完全雅化了的。再說後來的小說和戲劇，有的雅人說《西廂記》誨淫，《水滸傳》誨盜，這是「高論」。實際上這一部戲劇和這一部小說都是「雅俗共賞」的作品。《西廂記》無視了傳統的禮教，《水滸傳》無視了傳統的忠德，然而「男女」是「人之大欲」之一，「官逼民反」，也是人之常情，梁山伯的英雄正是被壓迫的人民所想望的。俗人固然同情這些，一部分的雅人，跟俗人相距還不太遠的，也未嘗不高興這兩部書說出了他們想說而不敢說的。這可以說是一種快感、一種趣味，可並不是低級趣味；這是有關係的，也未嘗不是有節制的。「誨淫」「誨盜」只是代表統治者的利益的說話。

十九世紀二十世紀之交是個新時代，新時代給我們帶來了新文化，產生了我們的知識階級。這知識階級跟從前的讀書人不大一樣，包括了更多的從民間來的分子，他們漸漸跟統治者拆伙而走向民間。於是乎有了白話正宗的新文學，詞典和小說戲劇都有了正經的地位。還有種種歐化的新藝術。這種文學和藝術卻並不能讓小市民來「共賞」，不用說農工大眾。於是乎有人指出這是新紳士也就是新雅人的歐化，不管一般人能夠了解欣賞與否。他們提倡「大眾語」

運動。但是時機還沒有成熟，結果不顯著。抗戰以來又有「通俗化」運動，這個運動並已經在開始轉向大眾化。「通俗化」還分別雅俗，還是「雅俗共賞」的路，大眾化卻更進一步要達到那沒有雅俗之分，只有「共賞」的局面。這大概也會是所謂由量變到質變罷。

論百讀不厭

前些日子參加了一個討論會，討論趙樹理先生的《李有才板話》。座中一位青年提出了一件事實：他讀了這本書覺得好，可是不想重讀一遍。大家費了一些時候討論這件事實。有人表示意見，說不想重讀一遍，未必減少這本書的好，未必減少它的價值。但是時間匆促，大家沒有達到明確的結論。一方面似乎大家也都沒有重讀過這本書，並且似乎從沒有想到重讀它。然而問題不是關於這一本書，而是關於一切文藝作品。爲什麼一些作品有人「百讀不厭」，另一些卻有人不想讀第二遍呢？是作品的不同嗎？是讀的人不同嗎？如果是作品不同，「百讀不厭」是不是作品評價的一個標準呢？這些都值得我們思索一番。

蘇東坡有《送章惇秀才失解西歸》詩，開頭兩句是：

舊書不厭百回讀，熟讀深思子自知。

「百讀不厭」這個成語就出在這裡。「舊書」指的是經典，所以要「熟讀深思」。《三國·魏書·王肅傳·注》：

人有從（董遇）學者，遇不肯教，而云「必當先讀百遍」，言「讀書百遍而義自見」。

經典文字簡短，意思深長，要多讀，熟讀，仔細玩味，才能了解和體會。所謂「義自見」「子自知」，著重自然而然，這是不能著急的。這詩句原是安慰和勉勵那考試失敗的章秀才的話，勸他回家再去安心讀書，說「舊書」不嫌多讀，越讀越玩味越有意思。固然經典值得「百回讀」，但是這裡著重的還在那讀書的人。簡化成「百讀不厭」這個成語，卻就著重在讀的書或作品了。這成語常跟另一成語「愛不釋手」配合著，在讀的時候「愛不釋手」，讀過了以後「百讀不厭」。這是一種讚詞和評語，傳統上確乎是一個評價的標準。當然，「百讀」只是「重讀」「多讀」「屢讀」的意思，並不一定一遍接著一遍地讀下去。

經典給人知識，教給人怎樣做人，其中有許多語言的、歷史的、修養的課題，有許多註解，此外還有許多相關的考證，讀上百遍，也未必能夠處處貫通，教人多讀是有道理的。但是後來所謂「百讀不厭」，往往不指經典而指一些詩、一些文，以及一些小說；這些作品讀起來津津有味，重讀、屢讀也不膩味，所以說「不厭」；「不厭」不但是「不討厭」，並且是「不厭倦」。詩文和小說都是文藝作品，這裡面也有一些語言的和歷史的課題，詩文也有些註解和考證；小說方面呢，卻直到近代才有人注意這些課題，於是也有了種種考證。但是過去一般讀者只注意詩文的註解，不大留心那些課題，對於小說更是如此。他們集中在本文的吟誦或瀏覽上。這些人吟誦詩文是爲了欣賞，甚至於只爲了消遣，瀏覽或閱讀小說更只是爲了消遣，他們要求的是趣味，是快感。這跟誦讀經典不一樣。誦讀經典是爲了知識，爲了教訓，得認眞、嚴肅、正襟危坐地讀，不像讀詩文和小說可以馬馬虎虎的、隨隨便便的，在床上，在火車、輪船上都成。這麼著可還能夠教人「百讀不厭」，那些詩文和小說到底是靠了什麼呢？

在筆者看來，詩文主要是靠了聲調，小說主要是靠了情節。過去一般讀者大概都會吟誦，他們吟誦詩文，從那吟誦的聲調或吟誦的音樂得到趣味或快感，意義的關係很少；只要懂得字面兒，全篇的意義弄不清楚也不要緊的。梁啓超先生說過李義山的一些詩，雖然不懂得究竟是什麼意思，可是讀起來還是很有趣味（大意）。這種趣味大概一部分在那些字面兒的影像上，一部分就在那七言律詩的音樂上。字面兒的影像引起人們奇麗的感覺；這種影像所表示的往往是珍奇、華麗的景物，平常人不容易接觸到的，所謂「七寶樓台」之類。民間文藝裡常常見到的「牙床」等等，也正是這種作用。民間流行的小調以音樂爲主，而不注重詞句，欣賞也偏重在音樂上，跟吟誦詩文也正相同。感覺的享受似乎是直接的、本能的，即使是字面兒的影像所引起的感覺，也還多少有這種情形；至於小調和吟誦，更顯然直接訴諸聽覺，難怪容易喚起普通的趣味和快感。至於意義的欣賞，得靠綜合諸感覺的想像力，這個得有長期的教養才成。然而就像教養很深的梁啓超先生，有時也還讓感覺領著走，足見感覺的力量之大。

小說的「百讀不厭」，主要的是靠了故事或情節。人們在兒童時代就愛聽故事，尤其愛奇怪的故事。成人也還是愛故事，不過那情節得複雜些。這些故事大概總是神仙、武俠、才子、佳人，經過種種悲歡離合，而以大團圓終場。悲歡離合總得不同尋常，那大團圓才足奇。小說本來起於民間，起於農民和小市民之間。在封建社會裡農民和小市民是受著重重壓迫的，他們沒有多少自由，卻有做白日夢的自由。他們寄託他們的希望於超現實的神仙，神仙化的武俠，以及望之若神仙的上層社會的才子佳人；他們希望有朝一日自己會變成了這樣的人物。這自然是不能實現的奇跡，可是能夠給他們安慰、趣味和快感。他們要大團圓，正因爲他們一輩子是難得大團圓的，奇情也正是常情啊。他們同情故事中的人物，「設身處地」地「替古人擔憂」，這也因爲事奇人奇的緣故。過去的小說似乎始終沒有完全移交到士大夫的手裡。士大夫讀小說，只是看閒書，就是作小說，也只是遊戲文章，總而言之，消遣而已。他們得化裝爲小市民來欣賞，來寫作；在他們看，小說奇於事實，只是一種玩意兒，所以不能認眞、嚴肅，只是消遣而已。

封建社會漸漸垮了，五四時代出現了個人，出現了自我，同時成立了新文學。新文學提高了文學的地位；文學給人知識，也教給人怎樣做人，不是做別人的，而是做自己的人。可是這時候寫作新文學和閱讀新文學的，只是那變了質的下降的士和那變了質的上升的農民和小市民混合成的知識階級，別的人是不願來或不能來參加的。而新文學跟過去的詩文和小說不同之處，就在它是認眞地負著使命。早期的反封建也罷，後來的反帝國主義也罷，寫實的也罷，浪漫的和感傷的也罷，文學作品總是一本正經地在表現著並且批評著生活。這麼著文學揚棄了消遣的氣氛，回到了嚴肅——古代貴族的文學如《詩經》，倒本來是嚴肅的。這負著嚴肅的使命的文學，自然不再注重「傳奇」，不再注重趣味和快感，讀起來也得正襟危坐，跟讀經典差不多，不能再那麼馬馬虎虎、隨隨便便的。但是究竟是形象化的、訴諸情感的，跟經典以冰冷的抽象的理智的教訓爲主不同，又是現代的白話，沒有那些語言的和歷史的問題，所以還能夠吸引許多讀者自動去讀。不過教人「百讀不厭」甚至教人想去重讀一遍的作品，的確是很少了。

新詩或白話詩和白話文，都脫離了那多多少少帶著人工的、音樂的聲調，而用著接近說話的聲調。喜歡古詩、律詩和駢文、古文的失望了，他們尤其反對這不能吟誦的白話新詩；因爲詩出於歌，一直不曾跟音樂完全分家，他們是不願揚棄這個傳統的。然而詩終於轉到意義中心的階段了。古代的音樂是一種說話，所謂「樂語」，後來的音樂獨立發展，變成「好聽」爲主了。現在的詩既負上自覺的使命，它得說出人人心中所欲言而不能言的，自然就不注重音樂而注重意義了——一方面音樂大概也在漸漸注重意義，回到說話罷？——字面兒的影像還是用得著，不過一般地看起來，影像本身，不論是鮮明的、朦朧的，還是可以獨立地訴諸感覺的，是不夠吸引人了；影像如果必須得用，就要配合全詩的各部分完成那中心的意義，說出那要說的話。在這動亂時代，人們著急要說話，因爲要說的話實在太多。小說也不注重故事或情節了，它的使命比詩更見分明。它可以不靠描寫，只靠對話，說出所要說的。這裡面神仙、武俠、才子、佳人，都不大出現了，偶然出現，也得打扮成平常人；是的，這時代的小說的人物，主要的是些平常人了，這是平民世紀啊。至於文，長篇議論文發展了工具性，讓人們更如意也更精密地說出他們的話，但是這已經成爲訴諸理性的。訴諸情感的是那發展在後的小品散文，就是那標榜「生活的藝術」，抒寫「身邊瑣事」的。這倒是回到趣味中心，企圖著教人「百讀不厭」的，確乎也風行過一時，然而時代太緊張了，不容許人們那麼悠閒；大家嫌小品文近乎所謂「軟性」，丟下了它去找那「硬性」的東西。

文藝作品的讀者變了質了，作品本身也變了質了，意義和使命壓下了趣味，認識和行動壓下了快感。這也許就是所謂「硬」的解釋。「硬性」的作品得一本正經地讀，自然就不容易讓人「愛不釋手」「百讀不厭」。於是「百讀不厭」就不成其爲評價的標準了，至少不成其爲主要的標準了。但是文藝是欣賞的對象，它畢竟是形象化的、訴諸情感的，怎麼「硬」也不能「硬」到和論文或公式一樣。詩雖然不必再講那帶幾分機械性的聲調，卻不能不講節奏，說話不也有輕重高低快慢嗎？節奏合式，才能集中，才能夠高度集中。文也有文的節奏，配合著意義使意義集中。小說是不注重故事或情節了，但也總得有些契機來表現生活和批評它；這些契機得費心思去選擇和配合，才能夠將那要說的話，要傳達的意義，完整地說出來，傳達出來。集中了的完整了的意義，才見出情感，才讓人樂意接受，「欣賞」就是「樂意接受」的意思。能夠這樣讓人欣賞的作品是好的，是否「百讀不厭」，可以不論。在這種情形之下，筆者同意：《李有才板話》即使沒有人想重讀一遍，也不減少它的價值、它的好。

但是在我們的現代文藝裡讓人「百讀不厭」的作品也有的。例如魯迅先生的《阿Q正傳》，茅盾先生的《幻滅》《動搖》《追求》三部曲，筆者都讀過不止一回，想來讀過不止一回的人該不少罷。在筆者本人，大概是《阿Q正傳》裡的幽默和三部曲裡的幾個女性吸引住了我。這幾個作品的好已經定論，它們的意義和使命大家也都熟悉，這裡說的只是它們讓筆者「百讀不厭」的因素。《阿Q正傳》主要的作用不在幽默，那三部曲的主要作用也不在鑄造幾個女性，但是這些卻可能產生讓人「百讀不厭」的趣味。這種趣味雖然不是必要的，卻也可以增加作品的力量。不過這裡的幽默絕不是油滑的、無聊的，也絕不是爲幽默而幽默，而女性也決不就是色情，這個界限是得弄清楚的。抗戰期中，文藝作品尤其是小說的讀眾大大地增加了。增加的多半是小市民的讀者，他們要求消遣，要求趣味和快感。擴大了的讀眾，有著這樣的要求也是很自然的。長篇小說的流行就是這個要求的反映，因爲篇幅長，故事就長，情節就多，趣味也就豐富了。這可以促進長篇小說的發展，倒是很好的。可是有些作者卻因爲這樣的要求，忘記了自己的邊界，放縱到色情上，以及粗劣的笑料上，去吸引讀眾，這只是迎合低級趣味。而讀者貪讀這一類低級的軟性的作品，也只是沉溺，說不上「百讀不厭」。「百讀不厭」究竟是個讚詞或評語，雖然以趣味爲主，總要是純正的趣味才說得上的。

魯迅先生的雜感

最近寫了一篇短文討論「百讀不厭」那個批評用語，照筆者分析的結果，所謂「百讀不厭」，注重趣味與快感，不適用於我們的現代文學。可是現代作品裡也有引人「百讀不厭」的，不過那不是作品的主要的價值。筆者根據自己的經驗，舉出魯迅先生的《阿Q正傳》做例子，認爲引人「百讀不厭」的是幽默，這幽默是嚴肅的，不是油腔滑調的，更不只是爲幽默而幽默。魯迅先生的《隨感錄》先是出現在《新青年》上，後來收在《熱風》裡的，還有一些「雜感」，在筆者也是「百讀不厭」的。這裡吸引我的，一方面固然也是幽默，一方面卻還有別的，就是那傳統的稱爲「理趣」，現在我們可以說是「理智的結晶」的，而這也就是詩。

馮雪峰先生在《魯迅論》裡說到魯迅先生「在文學上獨特的特色」：

首先，魯迅先生獨創了將詩和政論凝結於一起的「雜感」這尖銳的政論性的文藝形式。這是匕首，這是投槍，然而又是獨特形式的詩；這形式，是魯迅先生所獨創的，是詩人和戰士的一致的產物。自然，這種形式，在中國舊文學裡是有它類似的存在的，但我們知道舊文學中的這種形式，有的只是形式和筆法上有可取之點，精神上是完全不成的；有的則在精神上也有可取之點，卻只是在那裡自生自長的野草似的一點萌芽。魯迅先生，以其戰鬥的需要，才獨創了這在其本身是非常完整的，而且由魯迅先生自己達到了那高峰的獨特的形式。

（見《過來的時代》）

所謂「中國文學裡是有它類似的存在的」，大概指的古文裡短小精悍之作，像韓柳雜說的罷？馮先生說魯迅先生「也同意對於他的雜感散文在思想意義之外又是很高的而且獨創的藝術作品的評價」，「並且以爲（除何凝先生外）還沒有說出這一點來」（《關於魯迅在文學上的地位》的《附記》見同書）。這種「雜感」在形式上的特點是「簡短」，魯迅先生就屢次用「短評」這名稱，又曾經泛稱爲「簡短的東西」。「簡短」而「凝結」，還能夠「尖銳」得像「匕首」和「投槍」一樣；主要的是他在用了這「匕首」和「投槍」戰鬥著。「狹巷短兵相接處，殺人如草不聞聲」，這是詩，魯迅先生的「雜感」也是詩。

《熱風》的《題記》的結尾：

但如果凡我所寫，的確都是冷的呢？則它的生命原來就沒有，更談不到中國的病症究竟如何。然而，無情的冷嘲和有情的諷刺相去本不及一張紙，對於周圍的感受和反應，又大概是所謂「如魚飲水冷暖自知」的；我卻覺得周圍的空氣太寒冽了，我自說我的話，所以反而稱之曰《熱風》。

魯迅先生是不願承受「冷靜」那評價的，所以有這番說話。他確乎不是個「冷靜」的人，他的憎正由於他的愛；他的「冷嘲」其實是「熱諷」。這是「理智的結晶」，可是不結晶在冥想裡而結晶在經驗裡；經驗是「有情的」，所以這結晶是有「理趣」的。開始讀他的《隨感錄》的時候，一面覺得他所嘲諷的愚蠢可笑，一面卻又往往覺得毛骨悚然——他所指出的「中國病證」，自己沒有犯過嗎，不在犯著嗎？可還是「百讀不厭」地常常去翻翻看看，吸引我的是那笑，也是那「笑中的淚」罷。

這種詩的結晶在《野草》裡「達到了那高峰」。《野草》被稱爲散文詩，是很恰當的。《題辭》裡說：

過去的生命已經死亡。我對於這死亡有大歡喜，因為我藉此知道它曾經存活。死亡的生命已經朽腐。我對於這朽腐有大歡喜，因為我借此知道它還非空虛。

又說：

我自愛我的野草，但我憎惡這以野草作裝飾的地面。地火在地下運行，奔突；熔岩一旦噴出，將燒盡一切野草，以及喬木，於是並且無可朽腐。

又說：

我以這一叢野草在明與暗，生與死，過去與未來之際，獻於友與仇，人與獸，愛者與不愛者之前作證。

最後是：

去罷，野草，連著我的題辭！

這寫在一九二七年，正是大革命的時代。他澈底地否定了「過去的生命」，連自己的《野草》連著這《題辭》，也否定了，但是並不否定他自己。他「希望」地下的火火速噴出，燒盡過去的一切；他「希望」的是中國的新生！在《野草》裡比在《狂人日記》裡更多地用了象徵、用了重疊，來「凝結」、來強調他的聲音，這是詩。

他一面否定，一面希望，一面在戰鬥著。《野草》裡的一篇《希望》，是一九五二年一月一日寫的，他說：

我只得由我來肉搏這空虛中的暗夜了，縱使尋不到身外的青春，也總得自己來一擲我身中的遲暮。但暗夜又在哪裡呢？現在沒有星，沒有月光，以至笑的渺茫和愛的翔舞；青年們很平安，而我的面前又竟至於並且沒有真的暗夜。

然而就在這一年他感到青年們動起來了，感到「眞的暗夜」露出來了，這一年他寫了特別多的「雜感」，就是收在《華蓋集》裡的。這一年「十二月三十一日之夜」寫的《題記》裡給了這些「短評」一個和《隨感錄》略有分別的名字，就是「雜感」。他說這些「雜感」「往往執滯在幾件小事情上」，也就是從一般的「中國的病證」轉到了個別的具體的事件上。雖然他還是將這種個別的事件「作爲社會上的一種典型」（見前引馮雪峰先生那篇《附記》裡引的魯迅先生自己的話）來處理，可是這些「雜感」比起《熱風》中那些《隨感錄》確乎是更具現實的了；他是從詩回向散文了。換上「雜感」這個新名字，似乎不是隨隨便便的、無所謂的。

散文的雜感增加了現實性，也增加了尖銳性。「一九三二年四月二十四日之夜」寫的《三閒集》的《序言》裡說道：

恐怕這「雜感」兩個字，就使志趣高超的作者厭惡，避之唯恐不遠了。有些人們，每當意在奚落我的時候，就往往稱我為「雜感家」。

這正是尖銳性的證據。他這時在和「眞的暗夜」「肉搏」了，武器是越尖銳越好，他是不怕「『不滿於現狀』的『雜感家』」這一個「惡謚」的。一方面如馮雪峰先生說的，「他又常痛惜他的小說和他的文章中的曲筆常被一般讀者誤解」。所以「更傾向於直剖明示的尖利的批判武器的創造」（見《魯迅先生計畫而未完成的著作》，也在《過去的時代》中）了。這種「直剖明示」的散文作風伴著戰鬥發展下去，「雜感」就又變爲「雜文」了。「一九三二年四月三十日之夜」寫的《二心集》的《序言》裡開始就說：

這裡是一九三〇年與三一年兩年間的雜文的結集。

末尾說：

自從一九三一年一月起，我寫了較上年更多的文章，但因為揭載的刊物有些不同，文字必得和他們相稱，就很少做《熱風》那樣簡短的東西了；而且看看對於我的批評文字，得了一種經驗，好像評論做的太簡括，是極容易招得無意的誤解，或有意的曲解似的。

又說：

這回連較長的東西也收在這裡面。

「簡單」改爲不拘長短，配合著時代的要求，「雜文」於是乎成了大家都能用、尖利而又方便的武器了。這個創造是值得紀念的；雖然我們損失了一些詩，可是這是個更需要散文的時代。

論逼真與如畫

——關於傳統的對於自然和藝術的態度的一個考察

「逼眞」與「如畫」這兩個常見的批評用語，給人一種矛盾感。「逼眞」是近乎眞，就是像眞的。「如畫」是像畫，像畫的。這兩個語都是價值的批評，都說是「好」。那麼，到底是眞的好呢？還是畫的好呢？更教人迷糊的，像清朝大畫家王鑒說的：

人見佳山水，輒曰「如畫」，見善丹青，輒曰「逼真」。

（《染香庵跋畫》）

丹青就是畫。那麼，到底是「如畫」好呢？還是「逼眞」好呢？照歷來的用例，似乎兩個都好，兩個都好而不衝突，怎麼會的呢？這兩個語出現在我們的中古時代，沿用得很久，也很廣，表現著這個民族對於自然和藝術的重要的態度。直到白話文通行之後，我們有了完備的成套的批評用語，這兩個語才少見了，但是有時還用得著，有時也翻成白話用著。

這裡得先看看這兩個語的歷史。照一般的秩序，總是先有「眞」，後才有「畫」，所以我們可以順理成章地說「逼眞與如畫」——將「逼眞」排在「如畫」的前頭。然而事實上似乎後漢就有了「如畫」這個語，「逼眞」卻大概到南北朝才見。這兩個先後的時代，限制著「畫」和「眞」兩個詞的意義，也就限制著這兩個語的意義；不過這種用語的意義是會跟著時代改變的。《後漢書．馬援傳》裡說他：

為人明須（鬚）髮，眉目如畫。

唐朝李賢注引後漢的《東觀記》說：

援長七尺五寸，色理髮膚眉目容貌如畫。

可見「如畫」這個語後漢已經有了，南朝范曄作《後漢書．馬援傳》，大概就根據這類記載；他沿用「如畫」這個形容語，沒有加字，似乎直到南朝這個語的意義還沒有什麼改變。但是「如畫」到底是什麼意義呢？

我們知道直到唐初，中國畫是以故事和人物爲主的，《東觀記》裡的「如畫」，顯然指的是這種人物畫。早期的人物畫由於工具的簡單和幼稚，只能做到形狀勻稱與線條分明的地步，看武梁祠的畫像就可以知道。畫得勻稱分明是畫得好；人的「色理髮膚眉目容貌如畫」，是相貌生得勻稱分明，也就是生得好。但是色理髮膚似乎只能說分明，不能說勻稱，范曄改爲「明須髮，眉目如畫」是很有道理的。

是很有道理的。勻稱分明是常識的評價標準，也可以說是自明的標準，到後來就成了古典的標準。類書裡還舉出三國時代諸葛亮的《黃陵廟記》，其中敘到「乃見江左大山壁立，林麓峰巒如畫」，上文還有「睹江山之勝」的話。清朝嚴可均編輯的《全三國文》裡說「此文疑依託」，大概是從文體或作風上看。筆者也覺得這篇記是後人所作。「江山之勝」這個意念到東晉才逐漸發展，三國時代是不會有的；而文體或作風又不像。文中「如畫」一語，承接著「江山之勝」，已經是變義，下文再論。

「如畫」是像畫，原義只是像畫的局部的線條或形體，可並不說像一個畫面；因爲早期的畫還只以個體爲主，作畫的人對於整個的畫面還沒有清楚的意念。這個意念似乎到南北朝才清楚地出現。南齊謝赫舉出畫的六法，第五是「經營布置」，正是意識到整個畫面的存在的證據。就在這個時代，有了「逼眞」這個詞，「逼眞」是指的整個形狀。如《水經注．沔水篇》說：

上粉縣……堵水之旁……有白馬山，山石似馬，望之逼真。

這裡「逼眞」是說像眞的白馬一般。但是山石像眞的白馬又有什麼好呢？這就牽連到「眞」的意義了。這個「眞」固然指實物，可是一方面也是《老子》《莊子》裡說的那個「眞」，就是自然；另一方面又包含謝赫的六法的第一項「氣韻生動」的意思，唯其「氣韻生動」才能自然，才是活的不是死的。死的山石像活的白馬，有生氣、有生意，所以好。「逼眞」等於俗語說的「活脫」或「活像」，不但像是眞的，並且活像是眞的。如果這些話不錯，「逼眞」這個意念主要的還是跟著畫法的發展來的。這時候畫法已經從匀稱分明進步到模仿整個兒實物了。六法第二「骨法用筆」似乎是指的匀稱分明，第三「應物象形」，第四「隨類傳彩」，第五「經營布置」是進一步的匀稱分明，第六「傳模移寫」，大概都在說出如何模仿實物或自然；最重要的當然是「氣韻生動」，所以放在第一。「逼眞」也就是近於自然，像畫一般的模仿著自然，多多少少是寫實的。

唐朝張懷瓘的《書斷》裡說：

太宗……尤善臨古帖，殆於逼真。

這是說唐朝太宗模仿古人的書法，差不多活像，活像那些古人。不過這似乎不是模仿自然。但是書法是人物的一種表現，模仿書法也就是模仿人物；而模仿人物，如前所論，也還是模仿自然。再說我國書畫同源，基本的技術都在乎「用筆」，書法模仿書法，跟畫的模仿自然也有相通的地方。不過從模仿書法到模仿自然，究竟得拐上個彎兒。老是拐彎兒就不免只看見那作品而忘掉了那整個兒的人，於是乎「貌同心異」，模仿就成了死板板的描頭畫角。書法不免如此，畫也不免如此。這就不成其爲自然。郭紹虞先生曾經指出道家的自然有「神化」和「神遇」兩種境界。而「氣韻生動」的「氣韻」，似乎原是音樂的術語借來論畫的，這整個語一方面也接受了「神化」和「神遇」的意念，綜合起來，具體地說出，所以作爲基本原則，排在六法的首位。但是模仿成了機械化，這個基本原則顯然被忽視。爲了強調它，唐朝人就重新提出那「神」的意念，這說是復古也未嘗不可。於是張懷瓘開始將書家分爲「神品」「妙品」「能品」，朱景元又用來論畫，並加上了「逸品」。這神、妙、能、逸四品，後來成了藝術批評的通用標準，也是一種古典的標準。但是神、妙、逸三品都出於道家的思想，都出於玄心和達觀，不出於常識，只有能品才是常識的標準。

重神當然就不重形，模仿不妨「貌異心同」；但是這只是就間接模仿自然而論。模仿別人的書畫詩文，都是間接模仿自然，也可以說是藝術模仿藝術。直接模仿自然，如「山石似馬」，可以說是自然模仿自然，就還得「逼眞」才成。韓愈的《春雪間早梅》詩說：

那是俱疑似，

須知兩逼真！

春雪活像早梅，早梅活像春雪，也是自然模仿自然，不過也是像畫一般模仿自然。至於韓偓的詩：

縱有才難詠，

寧無畫逼真！

說是雖然詩才薄弱，形容不出，難道不能畫得活像！這指的是女子的美貌，又回到了人物畫，可以說是藝術模仿自然。這也是直接模仿自然，要求「逼眞」，跟「山石似馬」那例子一樣。

到了宋朝，蘇軾才直截了當地否定了「形似」，他《書鄢陵王主簿所畫折枝》的詩裡說：

論畫以形似，

見與兒童鄰。

……

邊鸞雀寫生，

趙昌花傳神。

……

「寫生」是「氣韻生動」的注腳。後來董逌的《廣川畫跋》裡更提出「生意」這個意念。他說：

> 世之評畫者曰，妙於生意，能不失真如此矣。至是為能盡其技。嘗問如何是當處生意？曰，殆謂自然。問自然，則曰能不異真者斯得之矣。且觀天地生物，特一氣運化爾，其功用祕移，與物有宜，莫知為之者。故能成於自然。今畫者信妙矣，方且暈形布色，求物比之，似而效之，序以成者，皆人力之後失也，豈能以合於自然者哉！

「生意」是眞，是自然，是「一氣運化」。「暈形布色」，比物求似，只是人工，不合自然。他也在否定「形似」，一面強調那氣化或神化的「生意」。這些都見出道家「得意忘言」

以及禪家「參活句」的影響。不求「形似」，當然就無所謂「逼眞」；因爲「眞」沒有定形，逼近與否是很難說的。我們可以說「神似」，也就是「傳神」，卻和「逼眞」有虛實之分。不過就畫論畫，人物、花鳥、草蟲，到底以形爲本，常識上還只要求這些畫「逼眞」。跟蘇軾差不多同時的晁以道的詩說得好：

畫寫物外形，
要於形不改。

就是這種意思。但是山水畫另當別論。

東晉以來，士大夫漸漸知道欣賞山水，這也就是風景，也就是「江山之勝」。但是在畫裡山水還只是人物的背景，《世說新語》記顧愷之畫謝鯤在岩石裡就是一個例證。那時卻有個宗炳，將自己遊歷過的山水，畫在牆壁上，「臥以游之」。這是山水畫獨立的開始，但是這種畫無疑的多多少少還是寫實的。到了唐朝，山水畫長足的發展，北派還走著近乎寫實的路，南派的王維開創了文人畫，卻走上了象徵的路。蘇軾說他「詩中有畫，畫中有詩」，文人畫的特色就在「畫中有詩」。因爲要「有詩」，有時就出了常識常理之外。張彥遠說「王維畫物多不問四時，如畫花，往往以桃杏芙蓉蓮花同畫一景」。宋朝沈括的《夢溪筆談》也說他家藏的有王氏的「《袁安臥雪圖》，有雪中芭蕉」。但是沈氏卻說：

此乃得心應手，意到便成，故造理入神，迥得天意。此難可與俗人論也。

這裡提到了「神」「天」就是自然，而「俗人」是對照著「文人」說的。沈氏在上文還說「書畫之妙，當以神會」，「神會」可以說是象徵化。桃杏芙蓉蓮花雖然不同時，放在同一個畫面上，線條、形體、顏色卻有一種特別的和諧，雪中芭蕉也如此。這種和諧就是詩。桃杏芙蓉蓮花等只當作線條、形體、顏色用著，只當作象徵用著，所以就可以「不問四時」。這也可以說是裝飾化，圖案化，程式化。但是最容易程式化的、最能夠代表文人畫的是山水畫，蘇軾的評語，正指王維的山水畫而言。

桃杏芙蓉蓮花等個別的實物，形狀和性質各自分明，「同畫一景」，俗人或常人用常識的標準來看，馬上覺得時令的矛盾，至於那矛盾裡的和諧，原是在常識以外的，所以容易引起爭辯。山水，文人欣賞的山水，卻是一種境界，來點兒寫實固然不妨，可是似乎更宜於象徵化。山水裡的草木鳥獸人物，都吸收在山水裡或者說和山水合為一氣；獸與人簡直可以沒有，如元朝倪瓚的山水畫，就常不畫人，據說如此更高遠、更虛靜、更自然。這種境界是畫，也是詩，畫出來寫出來是的，不畫出來不寫出來也是的。這當然說不上「像」，更說不上「活像」或

「逼眞」了。「如畫」倒可以解作像這種山水畫。但是唐人所謂「如畫」，還帶有寫實的意味，例如李商隱的詩：

茂苑城如畫，閶門瓦欲流。

皮日休的詩：

樓台如畫倚霜空。

雖然所謂「如畫」指的是整個畫面，卻似乎還是北派的山水畫。上文《黃陵廟記》裡的「如畫」，也只是這個意思。到了宋朝，如林逋的詩：

白公睡閣幽如畫。

這個「幽」就全然是境界，像的當然是南派的畫了。「如畫」可以說是屬於自然模仿藝術一類。

上文引過王鑒的話，「人見佳山水，輒曰『如畫』」，這「如畫」是說像南派的畫。他又說，「見善丹青，輒曰『逼眞』」，這丹青卻該是人物、花鳥、草蟲，不是山水畫。王鑒沒有弄清楚這個分別，覺得這兩個語在字面上是矛盾的，要解決這個矛盾，他接著說：

則知形影無定法，真假無滯趣，唯在妙悟人得之；不爾，雖工未為上乘也。

形影無定，眞假不拘，求「形似」也成，不求「形似」也成，只要妙悟，就能夠恰到好處。但是「雖工未爲上乘」，「形似」到底不夠好。他這些話並不曾解決了他想像中的矛盾，反而越說越糊塗。照「眞假無滯趣」那句話，似乎畫是假的；可是既然不拘眞假，假而合於自然，也未嘗不可以說是眞的。其實他所謂假，只是我們說的境界，與實物相對的境界。照我們看，境界固然與實物本同，卻也不能說是假的。同是清朝大畫家的王時敏在一處畫跋裡說過：

石谷所作雪卷，寒林積素，江村寥落，一一皆如真境，宛然輞川筆法。

輞川指的王維，「如眞境」是說像自然的境界，所謂「得心應手，意到便成」「莫知爲之者」。自然的境界儘管與實物不同，卻還不妨是眞的。

「逼眞」與「如畫」這兩個語借用到文學批評上，意義又有些變化。這因爲文學不同於實物，不同於書法的點畫，也不同於畫法的「用筆」「象形」「傅彩」。文學以文字爲媒介，文字表示意義，意義構成想像；想像裡有人物、花鳥、草蟲及其他，有山水——有實物，有境界。但是這種實物只是想像中的實物；至於境界，原只存在於想像中，倒是只此一家，所以「詩中有畫，畫中有詩」。向來評論詩文以及小說戲曲，常說「神態逼眞」「情景逼眞」，指的是描寫或描畫像眞的，並非訴諸直接的感覺，跟「山石似馬，望之逼眞」以及「寧無畫逼眞」的直接訴諸視覺不一樣，這是訴諸想像中的視覺的。宋朝梅堯臣說過「狀難寫之景，如在目前」，「如」字很確切；這種「逼眞」是使人如見。可是向來也常說「口吻逼眞」，寫口氣寫得活像，是使人如聞，如聞其聲。這些可以說是屬於藝術模仿自然一類。向來又常說某人的詩「逼眞老杜」，某人的文「逼眞昌黎」，這是說在語匯、句法、聲調、用意上，都活像，也就是在作風與作意上都活像，活像在默讀或朗誦兩家的作品，或全篇，或斷句。這兒說是「神似老杜」「神似昌黎」也成，想像中的活像本來是可實可虛兩面兒的。這是屬於藝術模仿藝術一類。文學裡的模仿，不論模仿的是自然或藝術，都和書畫不相同；倒可以比建築，經驗是材料，想像是模仿的圖樣。

向來批評文學作品，還常說「神態如畫」「情景如畫」「口吻如畫」，也指描寫而言。上文「如畫」的例句，都屬於自然模仿藝術一類。這兒是說「寫神態如畫」「寫情景如畫」「寫口吻如畫」，可以說是屬於藝術模仿自然一類。在這裡「如畫」的意義卻簡直和「逼眞」是一樣，想像的「逼眞」和想像的「如畫」在想像裡合而爲一了。這種「逼眞」與「如畫」都只是分明、具體、可感覺的意思，正是常識對於自然和藝術所要求的。可是說「景物如畫」或「寫景物如畫」，卻是例外。這兒「如畫」的「畫」，可以是北派山水，可以是南派山水，得看所評的詩文而定；若是北派，「如畫」就只是勻稱分明；若是南派，就是那詩的境界，都與「逼眞」不能合一。不過傳統的詩文裡寫景的地方並不很多，小說戲劇裡尤其如此，寫景而有境界的更少。因此王維的「詩中有畫」才見得難能可貴，模仿起來不容易。他創始的「畫中有詩」的文人畫，卻比那「詩中有畫」的詩直接些、具體些，模仿的人很多，多到成爲所謂南派。我們感到「如畫」與「逼眞」兩個語好像矛盾，就由於這一派文人畫的影響。不過這兩個語原來既然都只是常識的評價標準，後來意義雖有改變，而除了「如畫」在作爲一種境界解釋的時候變爲玄心妙賞以外，也都還是常識的標準。這就可見我們的傳統的對於自然和藝術的態度，一般還是以常識爲體，雅俗共賞爲用的。那些「難可與俗人論」的，恐怕到底不是天下之達道罷。

論書生的酸氣

讀書人又稱書生。這固然是個可以驕傲的名字，如說「一介書生」「書生本色」，都含有清高的意味。但是正因爲清高，和現實脫了節，所以書生也是嘲諷的對象。人們常說「書呆子」「迂夫子」「腐儒」「學究」等，都是嘲諷書生的。「呆」是不明利害，「迂」是繞大彎兒，「腐」是頑固守舊，「學究」是指一孔之見。總之，都是知古不知今，知書不知人，食而不化地讀死書或死讀書，所以在現實生活裡老是吃虧、誤事、鬧笑話。總之，書生的被嘲笑是在他們對於書的過分的執著上；過分地執著書，書就成了話柄。

但是還有「寒酸」一個話語，也是形容書生的。「寒」是「寒素」，對「膏粱」而言，是魏晉南北朝分別門第的用語。「寒門」或「寒人」並不限於書生，武人也在裡頭；「寒士」才指書生。這「寒」指生活情形，指家世出身，並不關涉到書；單這個字也不含嘲諷的意味。加上「酸」字成爲連語，就不同了，好像一副可憐相活現在眼前似的。「寒酸」似乎原作「酸寒」。韓愈《薦士》詩，「酸寒溧陽尉」，指的是孟郊；後來說「郊寒島瘦」，孟郊和賈島都是失意的人，作的也是失意詩。「寒」和「瘦」映襯起來，夠可憐相的，但是韓愈說「酸寒」，似乎「酸」比「寒」重。可憐別人說「酸寒」，可憐自己也說「酸寒」，所以蘇軾有「故人留飲慰酸寒」的詩句。陸游有「書生老瘦轉酸寒」的詩句。「老瘦」固然可憐相，感激「故人留飲」也不免有點兒。范成大說「酸」是「書生氣味」，但是他要「洗盡書生氣味酸」，那大概是所謂「大丈夫不受人憐」罷？

爲什麼「酸」是「書生氣味」呢？怎麼樣才是「酸」呢？話柄似乎還是在書上。我想這個「酸」原是指讀書的聲調說的。晉以來的清談很注重說話的聲調和讀書的聲調。說話注重音調和辭氣，以朗暢爲好。讀書注重聲調，從《世說新語．文學篇》所記殷仲堪的話可見，「三日不讀《道德經》，便覺舌本閒強」，說到舌頭，可見注重發音，注重發音也就是注重聲調。《任誕篇》又記王孝伯說，「名士不必須奇才，但使常得無事，痛飲酒，熟讀《離騷》，便可稱名士」。這「熟讀《離騷》」該也是高聲朗誦，更可見當時風氣。《豪爽篇》記「王司州（胡之）在謝公（安）坐，詠《離騷．九歌》『人不言兮出不辭，乘回風兮載雲旗』，語人云，『當爾時，覺一坐無人』」。正是這種名士氣的好例。讀古人的書注重聲調，讀自己的詩自然更注重聲調。《文學篇》記載袁宏的故事：

袁虎（宏小名虎）少貧，嘗為人傭載運租。謝鎮西經船行，其夜清風朗月，聞江渚間估客船上有詠詩聲，甚有情致，所誦五言，又其所未嘗聞，嘆美不能已。即遣委曲訊問，乃是袁自詠其所作詠史詩。因此相要，大相賞得。

從此袁宏名譽大盛，可見朗誦關係之大。此外《世說新語》裡記著「吟嘯」「嘯詠」「諷詠」「諷誦」的還很多，大概也都是在朗誦古人的或自己的作品罷。

這裡最可注意的是所謂「洛下書生詠」或簡稱「洛生詠」。《晉書．謝安傳》說：

安本能為洛下書生詠。有鼻疾，敵其音濁。名流愛其詠而弗能及，或手掩鼻以效之。

《世說新語．輕詆篇》卻記著：

人問顧長康：「何以不作洛生詠？」答曰：「何至作老婢聲！」

劉孝標注，「洛下書生詠音重濁，故云『老婢聲』」。所謂「重濁」，似乎就是過分悲涼的意思。當時誦讀的聲調似乎以悲涼爲主。王孝伯說「熟讀《離騷》，便可稱名士」，王胡之在謝安坐上詠的也是《離騷．九歌》，都是《楚辭》。當時誦讀《楚辭》，大概還知道用楚聲楚調，樂府曲調裡也正有楚調，而楚聲楚調向來是以悲涼爲主的。當時的誦讀人概受到和尚的梵誦或梵唱的影響很大，梵誦或梵唱主要的是長吟，就是所謂「詠」。《楚辭》本多長句，楚聲楚調配合那長吟的梵調，相得益彰，更可以「詠」出悲涼的「情致」來。袁宏的詠史詩現存兩首，第一首開始就是「周昌梗概臣」一句，「梗概」就是「慷慨」「感慨」；「感慨悲歌」也是一種「書生本色」。沈約《宋書．謝靈運傳論》所舉的五言詩名句，鍾嶸《詩品．序》裡所舉的五言詩名句和名篇，差不多都是些「慷慨悲歌」。《晉書》裡還有一個故事：晉朝曹攄的《感舊》詩有「富貴他人合，貧賤親戚離」兩句。後來殷浩被廢為老百姓，送他心愛的外甥回朝，朗誦這兩句，引起了身世之感，不覺淚下。這是悲涼的朗誦的確例。但是自己若是並無真實的悲哀，只去學時髦，捏著鼻子學那悲哀的「老婢聲」的「洛生詠」，那就過了分，那也就是趙宋以來所謂「酸」了。

唐朝韓愈有《八月十五夜贈張功曹》詩，開頭是：

纖雲四卷天無河，
清風吹空月舒波，
沙平水息聲影絕，
一杯相屬君當歌。

接著說：

君歌聲酸辭且苦，
不能聽終淚如雨。

接著就是那「酸」而「苦」的歌辭：

洞庭連天九疑高，
蛟龍出沒猩鼯號。
十生九死到官所，
幽居默默如藏逃。
下床畏蛇食畏藥，
海氣濕蟄熏腥臊。
昨者州前槌大鼓，
嗣皇繼聖登夔皋。
赦書一日行萬里，

罪從大辟皆除死。
遷者追回流者還，
滌瑕蕩垢朝清班。
州家申名使家抑，
坎坷只得移荊蠻。
判司卑官不堪說，
未免捶楚塵埃間。
同時輩流多上道，
天路幽險難追攀！

張功曹是張署，和韓愈同被貶到邊遠的南方，順宗即位，只奉命調到近一些的江陵做個小官兒，還不得回到長安去，因此有了這一番冤苦的話。這是張署的話，也是韓愈的話。但是詩裡卻接著說：

君歌且休聽我歌，
我歌今與君殊科。

韓愈自己的歌只有三句：

一年明月今宵多，
人生由命非由他，
有酒不飲奈明何！

他說認命算了，還是喝酒賞月罷。這種達觀其實只是苦情的僞裝而已。前一段「歌」雖然辭苦聲酸，倒是貨眞價實，並無過分之處。由那「聲酸」知道吟詩的確有一種悲涼的聲調，而所謂「歌」其實只是諷詠。大概漢朝以來不像春秋時代一樣，士大夫已經不會唱歌，他們大多數是書生出身，就用諷詠或吟誦來代替唱歌。他們——尤其是失意的書生——的苦情就發洩在這種吟誦或朗誦裡。

戰國以來，唱歌似乎就以悲哀爲主，這反映著動亂的時代。《列子．湯問篇》記秦青「撫節悲歌，聲振林木，響遏行雲」，又引秦青的話，說韓娥在齊國雍門地方「曼聲哀哭，一里老幼悲愁垂涕相對，三日不食」，後來又「曼聲長歌，一里老幼，善躍抃舞，弗能自禁」。這裡說韓娥雖然能唱悲哀的歌，也能唱快樂的歌，但是和秦青自己獨擅悲歌的故事合看，就知道還是悲歌爲主。再加上齊國杞梁殖的妻子哭倒了城的故事，就是現在還在流行的孟姜女哭倒長城的故事，悲歌更爲動人，是顯然的。書生吟誦，聲酸辭苦，正和悲歌一脈相傳。但是聲酸必須辭苦，辭苦又必須情苦；若是並無苦情，只有苦辭，甚至連苦辭也沒有，只有那供人酸鼻的聲調，那就過了分，不但不能動人，反要遭人嘲弄了。書生往往自命不凡，得意的自然有，卻只是少數，失意的可太多了。所以總是嘆老嗟卑，長歌當哭，哭喪著臉，一副可憐相。朱子在《楚辭辯證》裡說漢人那些模仿的作品「詩意平緩，意不深切，如無所疾痛而強爲呻吟者」。「無所疾痛而強爲呻吟」就是所謂「無病呻吟」。後來的嘆老嗟卑也正是無病呻吟。有病呻吟是緊張的，可以得人同情，甚至叫人酸鼻；無病呻吟，病是裝的、假的，呻吟也是裝的、假的，假裝可以酸鼻的呻吟，酸而不苦像是丑角扮戲，自然只能逗人笑了。

蘇東坡有《贈詩僧道通》的詩：

> 雄豪而妙苦而腴，只有琴聰與蜜殊。
> 語帶煙霞從古少，氣含蔬筍到公無。
> ……

查慎行注引葉夢得《石林詩話》說：

> 近世僧學詩者極多，皆無超然自得之趣，往往掇拾摹仿士大夫所殘棄，又自作一種體，

格律尤俗，謂之「酸餡氣」。子瞻……嘗語人云，「頗解『蔬筍』語否？為無『酸餡氣』也」。聞者無不失笑。

東坡說道通的詩沒有「蔬筍」氣，也就沒有「酸餡氣」，和尚修苦行，吃素，沒有油水，可能比書生更「寒」更「瘦」；一味反映這種生活的詩，好像酸了的菜饅頭的餡兒，乾酸，吃不得，聞也聞不得，東坡好像是說，苦不妨苦，只要「苦而腴」，有點兒油水，就不至於那麼撲鼻酸了。這酸氣的「酸」還是從「聲酸」來的。而所謂「書生氣味酸」該就是指的這種「酸餡氣」。和尚雖苦，出家人原可「超然自得」，卻要學吟詩，就染上書生的酸氣了。書生失意的固然多，可是嘆老嗟卑的未必眞的窮苦到他們嗟嘆的那地步；倒是「常得無事」，就是「有閒」，有閒就無聊，無聊就作成他們的「無病呻吟」了。宋初西崑體的領袖楊億譏笑杜甫是「村夫子」，大概就是嫌他嘆老嗟卑的太多。但是杜甫「竊比稷與契」，嗟嘆的其實是天下之大，絕不止於自己的雞蟲得失。楊億是個得意的人，未免忘其所以，才說出這樣不公道的話。可是像陳師道的詩，嘆老嗟卑，吟來吟去，只關一己，的確叫人膩味。這就落了套子，落了套子就不免有些「無病呻吟」，也就是有些「酸」了。

道學的興起表示書生的地位加高，責任加重，他們更其自命不凡了，自嗟自嘆也更多了。就是眼光如豆的眞正的「村夫子」或「三家村學究」，也要哼哼唧唧地在人面前賣弄那背得的幾句死書，來嗟嘆一切，好搭起自己的讀書人的空架子。魯迅先生筆下的「孔乙己」，似乎是個更破落的讀書人，然而「他對人說話，總是滿口之乎者也，教人半懂不懂的」。人家說他偷書，他卻爭辯著：「竊書不能算偷……竊書！……讀書人的事，能算偷麼？」「接連便是難懂的話，什麼『君子固窮』，什麼『者乎』之類，引得眾人都哄笑起來」。孩子們看著他的茴香豆的碟子。

孔乙己著了慌，伸開五指將碟子罩住，彎下腰去說道，「不多了，我已經不多了。」直起身又看一看豆，自己搖頭說，「不多不多！多乎哉？不多也」。於是這一群孩子都在笑聲裡走散了。

破落到這個地步，卻還只能「滿口之乎者也」，和現實的人民隔得老遠的，「酸」到這地步真是可笑又可憐了。「書生本色」雖然有時是可敬的，然而他的酸氣總是可笑又可憐的。最足以表現這種酸氣的典型，似乎是戲台上的文小生，尤其是崑曲裡的文小生，那哼哼唧唧、扭扭捏捏、搖搖擺擺的調調兒，真夠「酸」的！這種典型自然不免誇張些，可是許差不離兒罷。

向來說「寒酸」「窮酸」，似乎酸氣老聚在失意的書生身上。得意之後，見多識廣，加上「一行作吏，此事便廢」，那時就會不再執著在書上，至少不至於過分地執著在書上，那「酸氣味」是可以多多少少「洗」掉的。而失意的書生也並非都有酸氣。他們可以看得開些，所謂達觀，但是達觀也不易，往往只是僞裝。他們可以看遠大些，「梗概而多氣」是雄風豪氣，不是酸氣。至於近代的知識分子，讓時代逼得不能讀死書或死讀書，因此也就不再執著那些古書。文言漸漸改了白話，吟誦用不上了；代替吟誦的是又分又合的朗誦和唱歌。最重要的是他們看清楚了自己，自己是在人民之中，不能再自命不凡了。他們雖然還有些閒，可是要「常得無事」卻也不易。他們漸漸丟了那空架子，腳踏實地向前走去。早些時候還不免帶著感傷的氣氛，自愛自憐，一把眼淚一把鼻涕的；這也算是酸氣，雖然念誦的不是古書而是洋書。可是這幾年時代逼得更緊了，大家只得抹乾了鼻涕眼淚走上前去。這才眞是「洗盡書生氣味酸」了。

論嚴肅

新文學運動的開始，鬥爭的對象主要的是古文，其次是「禮拜六」派或鴛鴦蝴蝶派的小說，又其次是舊戲，還有文明戲。他們說古文是死了。舊戲陳腐，簡單，幼稚，嘈雜，不真切，武場更只是雜耍，不是戲。而鴛鴦蝴蝶派的小說意在供人們茶餘酒後消遣，不嚴肅，文明戲更是不顧一切地專迎合人們的低級趣味。白話總算打倒了古文，雖然還有些肅清的工作，話劇打倒了文明戲，可是舊戲還直挺挺地站著，新歌劇還在難產之中。鴛鴦蝴蝶派似乎也打倒了，但是又有所謂「新鴛鴦蝴蝶派」。這嚴肅與消遣的問題夠複雜的，這裡想特別提出來討論。

照傳統的看法，文章本是技藝，本是小道，宋儒甚至於說「作文害道」。新文學運動接受了西洋的影響，除了解放文體以白話代古文之外，所爭取的就是這文學的意念，也就是文學的地位。他們要打倒那「道」，讓文學獨立起來。所以對「文以載道」說加以無情的攻擊。這「載道」說雖然比「害道」說溫和些，可是文還是道的附庸。照這一說，那些不載道的文就是「玩物喪志」。玩物喪志是消遣，載道是嚴肅。消遣的文是技藝，沒有地位，載道的文有地位了，但是那地位是道的，不是文的——若單就文而論，它還只是技藝，只是小道。新文學運動所爭的是，文學就是文學，不幹道的事，它是藝術，不是技藝，它有獨立存在的理由。

在中國文學的傳統裡，小說和詞曲（包括戲曲）更是小道中的小道，就因爲是消遣的，不嚴肅。不嚴肅也就是不正經，小說通常稱爲「閒書」，不是正經書。詞爲「詩餘」，曲又是「詞餘」，稱爲「餘」當然也不是正經的了。鴛鴦蝴蝶派的小說意在供人們茶餘酒後消遣，倒是中國小說的正宗。中國小說一向以「志怪」「傳奇」爲主。「怪」和「奇」都不是正經的東西。明朝人編的小說總集有所謂「三言二拍」。「二拍」是初刻和二刻的《拍案驚奇》，重在「奇」得顯然。「三言」是《喻世明言》《警世通言》《醒世恆言》，雖然重在「勸俗」，但是還是先得使人們「驚奇」，才能收到「勸俗」的效果，所以後來有人從「三言二拍」裡選出若干篇另編一集，就題爲《今古奇觀》，還是歸到「奇」上。這個「奇」正是供人們茶餘酒後消遣的。

明清的小說淵源於宋朝的「說話」，「說話」出於民間。詞曲（包括戲曲）原也出於民間。民間文學是被壓迫的人民苦中作樂，忙裡偷閒的表現，所以常常扮演丑角，嘲笑自己或誇張自己，因此多帶著滑稽和誕妄的氣氛，這就不正經了。在中國文學傳統自己的範圍裡只有詩文（包括賦）算是正經的、嚴肅的，雖然放在道統裡還只算是小道。詞經過了高度的文人化，特別是清朝常州派的努力，總算帶上一些正經面孔了，小說和曲（包括戲曲）直到新文學運動的前夜，運動的前夜，還是丑角打扮，站在不要緊的地位。固然，小說早就有勸善懲惡的話頭，明朝人所謂「喻世」等等，更特別加以強調。這也是在想「載道」，然而「奇」勝於「正」，到底不成。明朝公安派又將《水滸》比《史記》，這是從文章的「奇變」上看，可是文章在道統裡本不算什麼，「奇變」怎麼能扯得上「正經」呢？然而看法到底有些改變了。到了清朝末年，梁啓超先生指出了「小說與群治之關係」，並提倡實踐他的理論的創作。這更是跟新文學運動一脈相承了。

新文學運動以鬥爭的姿態出現，它必然是嚴肅的。他們要給白話文爭取正宗的地位，要給文學爭取獨立的地位。而魯迅先生的第一篇小說《狂人日記》裡喊出了「吃人的禮教」和「救救孩子」，開始了反封建的工作。他的《隨感錄》又強烈地諷刺著老中國的種種病根子。一方面人道主義也在文學裡普遍地表現著。文學擔負起新的使命，配合了五四運動，它更跳上了領導的地位，雖然不是唯一的領導的地位。於是文學有了獨立存在的理由，也有了新的意念。在這情形下，詞曲升格為詩，小說和戲曲也升格為文學。這自然接受了「外國的影響」，然而這也未嘗不是「載道」，不過載的是新的道，並且與這個新的道合為一體，不分主從。所以從傳統方面看來，也還算是一脈相承的。一方面攻擊「文以載道」，一方面自己也在載另一種道。這正是相反相成，所謂矛盾的發展。

創造社的浪漫的感傷的作風，在反封建的工作之下要求自我的解放，也是自然的趨勢。

他們強調「動的精神」，強調「靈肉衝突」，是依然在嚴肅地正視著人生的。然而禮教漸漸垮了，自我在第一次世界大戰帶給中國的暫時的繁榮裡越來越大了，於是乎知識分子講究生活的趣味，講究個人的好惡，講究身邊瑣事，文壇上就出現了「言志派」，其實是玩世派。更進一步講究幽默，爲幽默而幽默，無意義的幽默。幽默代替了嚴肅，文壇一片空虛。一方面色情的作品也抬起了頭，憑著「解放」的名字跨過了「健康」的邊界，自然也跨過了「嚴肅」的邊界。然而這空虛只是暫時的，正如那繁榮是暫時的。五四運動掀起了反帝國主義的大潮，時代又沉重起來了。

接著是國民革命，接著是左右折磨，時代需要鬥爭，閒情逸致只好偸偸摸摸的。這時候魯迅先生介紹了「一面是嚴肅與工作，一面是荒淫與無恥」這句話。這是時代的聲音。可是這嚴肅是更其嚴肅了，單是態度的嚴肅、藝術的嚴肅不成，得配合工作，現實的工作。似乎就在這當兒有了「新鴛鴦蝴蝶派」的名目，指的是那些盡在那玩味自我的作家。他們自己並不覺得在消遣自己，跟舊鴛鴦蝴蝶派不同。更不同的是時代，是時代縮短了那「嚴肅」的尺度。這尺度還在爭議之中，劈頭來了抗戰；一切是抗戰，抗戰自然是極度嚴肅的。可是八年的抗戰太沉重了，這中間不免要鬆一口氣，這一鬆，尺度就放寬了些，文學帶著些消遣，似乎也是應該的。

勝利突然而來，時代卻越見沉重了。「人民性」的強調，重新緊縮了「嚴肅」的尺度。

這「人民性」也是一種道。到了現在，要文學來載這種道，倒也是「勢有必至，理有固然」。不過太緊縮了那尺度，恐怕會犯了宋儒「作文害道」說的錯誤，目下黃色和粉色刊物的風起雲湧，固然是動亂時代的頹廢趨勢，但是正經作品若是一味講究正經，只顧人民性，不管藝術性，死板板的長面孔教人親近不得，讀者恐怕更會躲向那些刊物裡去。這是運用「嚴肅」的尺度的時候值得平心靜氣算計算計的。

論通俗化

文體通俗化運動起於清朝末年。那時維新的士人急於開通民智，一方面創了報章文體，所謂「新文體」，給受過教育的人說教；一方面用白話印書辦報，給識得些字的人說教；再一方面推行官話字母等給沒有受過教育的人說教。前兩種都是文體的通俗化，後一種雖然注重在新的文字，但就寫成的文體而論，也還是通俗化。

這種用字母拼寫的文體，在當時所能表現的題材大概是有限的。據記載，這種字母的確曾經深入農村，農民曾用字母來寫便條，那大概是些很簡單的話。最複雜的自然的「新文體」，可是通俗性大概也就最小。居中的是那些白話書報。這種白話我看到的不多，就記得的來說，好像明白詳盡，老老實實，直來直去。好像從語錄和白話小說化出，我們這些人讀起來大概沒有什麼味兒。

原來這種白話只是給那些識得些字的人預備的，士人們自己是不屑用的。他們還在用他們的「雅言」，就是古文，最低限度也得用「新文體」，俗語的白話只是一種慈善文體罷了。然而革命了，民國了，新文學運動了，胡適之先生和陳獨秀先生主張白話是正宗的文學用語，大家該一律用白話作文，不該有士和民的分別。五四運動加速了新文學運動的成功，白話眞的成爲正宗的文學用語。而「新文體」也漸漸地在白話化，留心報紙的文體就可以知道。「一律用白話來作文」的日子大概也不遠了。

胡先生等提倡的白話，大概還是用語錄和白話小說等做底子，只是這時代的他們接受了西化，思想精密了，文章也簡潔了。他們將雅俗一元化，而注重在「明白」或「懂得性」上，這也可以說是平民化。然而「歐化」來了，「新典主義」來了。這配合著第一次世界大戰給中國帶來的暫時的繁榮，以及在這繁榮裡知識階級生活歐化或現代化的趨向，也是「勢有必至，理有固然」。於是乎已故的宋陽先生指出這是紳士們的白話，他提倡「大眾語」，這當兒更有人提倡拼音的「新文字」。這不是通俗化而是大眾化。而大眾就是大眾，再沒有「雅」的份兒。

然而那時候這還只能夠是理想，大眾不能寫作，寫作的還只是些知識分子。於是乎先試驗著從利用民間的舊形式下手，並且抗戰後有過一回民族形式的討論。討論的結果似乎是，民族形式可以利用，但是還接受五四的文學傳統，還容許相當的歐化。這時候又有人提倡「通俗文學」，就是利用民族形式的文學，不但提倡，並且寫作。參加的人有些的確熟悉民族形式，認眞的去做。但是他們將通俗文學和一般文學分開，不免落了「雅俗」的老套子。於是有人指出，通俗文學的目標該是一元的，揚棄知識階級的紳士身份，提高大眾的鑒賞水準，這樣打成一片，平民化，大衆化。

但是說來容易做來難。民間文學雖然有天眞、樸素、健康等長處，卻也免不了丑角氣氛，套語濫調，瑣屑囉唆等毛病。這是封建社會麻痹了民衆才如此的。利用舊形式而要免去這些毛病，的確很難。除非民衆的生活大大地改變，他們自己先在舊瓶裡裝上新酒，那麼用起舊形式來意義才會不同。這自然還是從知識分子方面看，因爲從民衆裡培養出作家，現在還只是理想。不過就是民衆生活改變了，知識分子還得和他們共同生活一個時期，多少打成一片，用起舊形式來，才能有血有肉。所以眞難。

再說所謂舊形式，大概指的是韻文，散文似乎只是說書，這就是說散文是比較的不發達的。原來民衆欣賞文藝，一向以音樂性爲主，所以對韻文的要求大。他們要故事，但是情節得簡單，得有頭有尾。描寫不要精細曲折，可是得詳盡，得全貌。這兩種要求並不衝突，因爲情節儘管簡單，每一個情節或人物還不妨詳盡地描寫。至於整個故事組織不勻稱，他們倒不在乎的。韻文故事如此，散文的更得如此，這就難。

然而有些地方的民衆究竟大變了，他們自己先在舊瓶裡裝上新酒，例如趙樹理先生《李有才板話》裡的那些段「快板」的語句。這些快板也許多少經過趙先生的潤色，但是相信他根據的，原來就已經是舊瓶裡的新酒。有了那種生活，才有那種農民，才有那種快板，才有快板裡那種新的語言。趙先生和那些農民共同生活了很久，也才能用新的語言寫出書裡的那些新的故事。這裡說「新的語言」，因為快板和那些故事的語言或文體都盡量揚棄了民族形式的封建氣氛，而採取了改變中的農民的活的口語。自己正在覺醒的人民，特別寶愛自己的語言，但是李有才這些人還不能自己寫作，他們需要趙先生這樣的代言人。

書裡的快板並不多，是以散文為主。樸素，而不過火，確算得新寫實主義的作風。故事簡單，有頭有尾，有血有肉。描寫差不多沒有，偶然有，也只就那農村生活裡取喻，簡潔了當，可是新鮮有味。另有長篇《李家莊的變遷》，也是趙先生寫的。周揚先生認為趕不上《板話》裡那些短篇完整。這裡有了比較詳盡的描寫，故事也有頭有尾，雖然不太簡單，可是作者利用了重複的手法，就覺得也還單純。這重複的手法正是主要的民族形式，作者能夠活用，就不膩味。而全書文體或語言還能夠莊重，簡明，不囉唆。這也就不易了。這的確是在結束通俗化而開始了大眾化。

低級趣味

從前論人物，論詩文，常用雅俗兩個詞來分別。有所謂雅致，有所謂俗氣。雅該原是都雅，都是城市，這個雅就是成都人說的「蘇氣」。俗該原是鄙俗，鄙是鄉野，這個俗就是普通話裡的「土氣」。城裡人大方，鄉下人小樣，雅俗的分別就在這裡。引申起來又有文雅、古雅、閒雅、淡雅等等。例如說話有書卷氣是文雅，客廳裡擺設些古董是古雅，臨事從容不迫是閒雅，打扮素淨是淡雅。那麼，粗話村話就是俗，美女月分牌就是俗，忙著開會應酬就是俗，重重的胭脂、厚厚的粉就是俗。人如此，詩文也如此。

雅俗由於教養。城裡人生活優裕的多些，他們教養好、見聞多，鄉下人自然比不上。雅俗卻不是呆板的。教養高可以化俗為雅。宋代詩人如蘇東坡，詩裡雖然用了俗詞俗語，卻新鮮有意思，正是淡雅一路。教養不到家而要附庸風雅，就不免做作，不能自然。從前那些鬥方名士終於「雅得這樣俗」，就在此。蘇東坡常笑話某些和尚的詩有蔬筍氣，有酸餡氣。蔬筍氣、酸餡氣不能不算俗氣。用力去寫淸苦求淡雅，倒不能脫俗了。雅俗是人品，也是詩文品，稱為雅致，稱為俗氣，這「致」和「氣」正指自然流露，做作不得。雖是自然流露，卻非自然生成。天生的雅骨，天生的俗骨其實都沒有，看生在什麼人家罷了。

現在講平等不大說什麼雅俗了，卻有了低級趣味這一個語。從前雅俗對待，但是稱人雅的時候多，罵人俗的時候少。現在有低級趣味，卻不說高級趣味，更不敢說高等趣味。因爲高等華人成了罵人的話，高得那麼低，誰還敢說高等趣味！再說趣味這詞也帶上了刺兒，單講趣味就不免低級，那麼說高級趣味豈不自相矛盾？但是趣味究竟還和低級趣味不一樣。「低級趣味」很像是日本名詞，現在用在文藝批評上，似乎是指兩類作品而言。一類是色情的作品，一類是玩笑的作品。

色情的作品引誘讀者縱慾，不是一種「無關心」的態度，所以是低級。可是帶有色情的成分而表現著靈肉衝突的，卻當別論。因爲靈肉衝突是人生的根本課題，作者只要認眞在寫靈肉衝突，而不像歷來的猥褻小說在頭尾裝上一套勸善懲惡的話做幌子，那即使有些放縱，也還可以原諒。玩笑的作品油嘴滑舌，像在做雙簧說相聲，這種作者成了小丑，成了幫閒，有別人，沒自己。他們筆底下的人生是那麼輕飄飄的，所謂骨頭沒有四兩重。這個可跟眞正的幽默不同。眞正的幽默含有對人生的批評，這種油嘴滑舌的玩笑，只是不擇手段打哈哈罷了。這兩類作品都只是迎合一般人的低級趣味來騙錢花的。

與低級趣味對峙著的是純正嚴肅。我們可以說趣味純正，但是說嚴肅卻說態度嚴肅，態度比趣味要廣大些。單講趣味似乎總有點輕飄飄的，說趣味純正卻大不一樣。純就是不雜，寫作或閱讀都不雜有什麼實際目的，只取「無關心」的態度，就是純。正是正經，認眞，也就是嚴肅。嚴肅和眞的幽默並不衝突，例如《阿Q正傳》，而這種幽默也是純正的趣味。色情的和玩笑的作品都不純正、不嚴肅，所以是低級趣味。

論誦讀

最近魏建功先生舉行了一回「中國語文誦讀方法座談會」，參加的有三十人左右，座談了三小時，大家發表的意見很多。我因為去診病，到場的時候只聽到一些尾聲。但是就從這短短的尾聲，也獲得不少的啓示。昨天又在《北平時報》上讀到李長之先生的《致魏建功先生書》，覺得很有興味。自己在接到開會通知的時候也曾寫過一篇短文，說明誦讀教學可以促進「文學的國語」的成長，現在還有些補充的意見，寫在這裡。

抗戰以來大家提倡朗誦，特別提倡朗誦詩。這種詩歌朗讀戰前就有人提倡。那時似乎是注重詩歌的音節的試驗，要試驗白話詩是否也有音樂性，是否也可以悅耳，要試驗白話詩用哪一種音節更聽得入耳些。這種朗誦運動為的是要給白話詩建立起新的格調，證明它的確可以替代舊詩。戰後的詩歌朗誦運動比戰前擴大得多，目的也擴大得多。這時期注重的是詩歌的宣傳作用，教育作用，也許尤其是團結作用，這是帶有政治性的。而這種朗誦，邊誦邊表情，邊動作，又是帶有戲劇性的。這實在是將詩歌戲劇化。戲劇化了的詩歌總增加了些什麼，不全是詩歌的本來面目。而許多詩歌不適於戲劇化，也就不適於這種朗誦。所以有人特別寫作朗誦詩。

戰前戰後的朗誦運動當然也包括小說散文和戲劇，但是特別注重詩；因爲詩是精練的語言，彈性大，朗誦也最難。

朗誦的發展可以幫助白話詩文的教學，也可以幫助白話詩文的上口，促進「文學的國語」成長。但是兩個時期的朗誦運動，都並不以語文教學爲目標，語文教學實際上也還沒有受到很大的影響。現在魏建功先生，還有黎錦熙先生，都在提倡誦讀教學，提倡向這一方面的自覺的努力，這是很好的。這不但與朗誦運動並行不悖，而且會相得益彰。黎先生提倡的誦讀教學，據報上他的談話，似乎注重白話，魏先生的座談，卻包括文言。這種誦讀教學自然是以文爲主，不以詩爲主，因爲教材是文多，習作也是文多，應用還是文多。這就和朗誦運動的出發點不一樣。

誦讀是一種教學過程，目的在培養學生的了解和寫作的能力。教學的時候先由教師範讀，後由學生跟著讀，再由學生自己練習著讀，有時還得背誦。除背誦外卻都可以看著書。誦讀只是誦讀，看著書自己讀，看著書聽人家讀，只要做過預習的功夫，當場讀得又得法，就可以了解的，用不著再有面部表情和肢體動作。這和戰前的朗誦差不多，只是朗誦時聽眾看不到原作，和戰後的朗誦卻就差得多。朗誦是藝術，聽眾在欣賞藝術。誦讀是教學，讀者和聽者在練習技能。這兩件事目的原不一樣。但是朗誦和誦讀都是既非吟，也非唱，都只是說話的調子，這可是一致的。

吟和唱都將文章音樂化，而朗誦和誦讀卻注重意義，音樂化可以將意義埋起來，或使意義滑過去。戰前的朗誦固然可以說是在發現白話詩的音樂性，但是有音樂性不就是音樂化。例如一首律詩，平仄的安排是音樂性，吟起來才是音樂化，讀下去就不是。現在我們注重意義，所以不要音樂化，不要吟和唱。我在別處說過「讀」該照宣讀文件那樣，但是這句話還未顯明甚。李長之先生說得才最乾脆，他說「所謂誦讀一事，也便只有用話的語調（平常說話的語調）去讀的一途了」。宣讀文件其實就用的是說話的語調。

誦讀雖然該用說話的調子，可究竟不是說話。誦讀趕不上說話的流暢，多少要比說話做作一些。誦讀第一要口齒清楚，吐字分明。唱曲子講究咬字，誦讀也得字字清朗，儘管抑揚頓挫，清朗總得清朗的。李長之先生注重詞彙的讀出，也就是這個意思。座談會裡潘家洵先生指出私塾兒童讀書固然有兩字一頓的，卻也有一字一頓的，如「孟——子——見——梁——惠——王」之類的讀法，我們是常常可以聽到的。大概兩字一頓是用在整齊的句法上，如讀《千字文》《百家姓》《龍文鞭影》《幼學瓊林》《千家詩》之類；一字一頓是用在參差的句法上，如讀「四書」等。前者是音樂化，後者逐字用同樣強度讀出，是讓兒童記清每一個字的形和音，像是強調的說話。這後一種誦讀，機械性卻很大，不像說話那樣可以含糊幾個字甚至吞咽幾個字而反有姿態，有味兒。我們所要的字字清朗的誦讀，性質上就近於這後一種，不過頓的字數不一定，再加上抑揚頓挫，跟說話多相像一些罷了。

用說話的調子誦讀白話文，自然該最像說話，雖然因為文言總有些分別，不能等於說話。但是現在的白話文是歐化了的，誦讀起來也還不能很像說話。相信誦讀教學切實施行若干時後，誦讀可以幫助變化說話的調子，那時白話文的誦讀雖然還是不能等於說話，總該差不離兒了。誦讀白話詩，現在是更不像說話，因為詩是精煉地說話，跟隨心信口地說話本差著些程度，加上歐化，自然就差得更多。用說話的調子讀文言，不論是詩是文，是駢是散，自然還要差得多，但是比吟或唱總近於說話些。從前學習文言乃至欣賞文言，好像非得能吟會唱不可。我想吟唱固然有益，但是誦讀也許幫助更大。大概詩詞曲和駢文，音樂性本來大些，音樂化地去吟唱可以獲得音樂方面的受用，但是在了解和欣賞意義上，吟唱是不如誦讀的。至於所謂古文，本來基於平常說話的調子，雖然因為究竟不是口頭的語言，不妨音樂化地去吟唱，然而受用似乎並不大，倒是誦讀能見出這種古文的本色。所以就是文言，也還該以說話調的誦讀為主。但是誦讀總得多讀熟讀，才有效用，「曲不離口」，誦讀也是一樣道理。

誦讀口語體的白話文（這種也可以稱為白話），還有誦讀小說裡的一些對話和話劇，應該就像說話一樣，雖然也還未必等於說話。說是未必等於說話，因為說話有聲調，又多少總帶著一些面部表情和肢體動作，寫出來的說話雖然包含著這些，卻不分明。誦讀這種寫出來的說話，得從意義裡去揣摩，得從字裡行間去揣摩。而寫的人雖然想著包含那些，卻也未必能包羅一切，揣摩的人也未必真能盡致。這就未必相等了。所以認真地演出話劇，得有戲譜，詳細注明聲調等等。李長之先生提到的趙元任先生的「最後五分鐘」就是這種戲譜。有了這種戲譜，還得再加揣摩。但是舞台上的台詞也還是不等於平常的說話。因爲台詞不但是戲中人在對話，並且是給觀衆聽的對話，固然得流暢，同時也得清朗。所以演戲需要專業的訓練，比較讀難。

寫的白話不等於說話，寫的白話文更不等於說話。寫和說到底是兩回事。文言時代誦讀幫助寫的學習，卻不大能夠幫助說的學習，反過來說話也不大能夠幫助寫的學習。這時候，有些教育程度很高的人會寫卻說不好，或者會說卻寫不好，原不足怪。可是，現下白話時代，誦讀不但可以幫助寫，還可以幫助說，而說話也可以幫助寫，可是會寫不會說和會說不會寫的人還是有。這就見得寫和說到底是兩回事了。大概學寫主要得靠誦讀，文言白話都是如此。單靠說話學不成文言，也學不好白話。現在許多學生很能說話，卻寫不通白話文，就因爲他們誦讀太少，不懂得如何將說話時的聲調等包含在白話文裡。他們的作文讓他們自己念給別人聽，滿對，可是讓別人看就看出不通來了。他們會說話到一種程度，能以在誦讀自己作文的時候，加進那些並沒有能夠包含在作文裡的成分去，所以自己和別人聽起來都合式，他們自己看的時候，也還能夠如此。等到別人看，別人憑一般誦讀的習慣，只能發揮那些作文包含得有的，卻不能無中生有，這就漏了。至於學說話，主要的得靠說話，多讀熟白話文，多少有些幫助，多少能夠促進，可是主要的還得靠說話。只注重誦讀和寫作而忽略了說話，自然容易成爲會寫而說不好的人。至於李長之先生提到魯迅先生，又當別論。魯迅先生是會說話的，不過不大會說北平話。他寫的是白話文，不是白話。長之先生讚美座談會中顧隨先生讀的《阿Q正傳》，說是「覺得魯迅運用北平的口語實在好極了」。我當時不在場，想來那恐怕一半應該歸功於顧先生的誦讀的。

再說用說話的調子誦讀白話詩，那是比誦讀白話文更不像說話。如上文所說詩是精練的語言，跟平常的說話自然差得多些。精練靠著暗示和重疊。暗示靠新鮮的比喻和經濟的語句，重疊不是機械的，得變化，得多樣。這就近乎歌而帶有音樂性了。這種音樂性爲的是集中注意的力量，好像電影裡特別的鏡頭。集中了注意力，才能深入每一個詞彙和語句，發揮那蘊藏著的意義，這也就是詩之所以爲詩。白話詩卻不要音樂化，音樂化會掩住了白話詩的個性，磨損了它的曲折處。白話詩所以不會有固定的聲調譜，我看就是爲此。白話詩所以該用說話調誦讀，也是爲此。一方面白話詩也未嘗不可以全不帶音樂性而直用平常說話的調子寫作。但是只宜於短篇如此。因爲短篇的精練可以不靠重疊，長些的就不成。蘇俄的瑪耶可夫斯基的詩，按說就只用平常說話的調子，卻宜於朗誦。他的詩就是短篇多，國內也有向這方面努力的，田間先生就是一位。這種詩更該用說話的調子誦讀，誦讀起來也許跟口語體的白話文差不多，但要強調些。因爲篇幅短，要是讀得太流暢，一下子就完了，沒有了，所以得滯實些才成。其實詩的誦讀一般都得滯實些。一方面有彈性，一方面要滯實，所以難。兩次朗誦運動都以詩爲主，在藝術上算是攻堅。但是誦讀只是訓練技能，還該從容易的文的誦讀下手。

漫步古今詩歌

論詩學門徑

本文所謂詩，專指中國舊體詩而言；所謂詩學，專指關於舊詩的理解與鑒賞而言。

據我數年來對於大學一年生的觀察，推測高中學生學習國文的情形，覺得他們理解與鑒賞舊詩比一般文言困難，但對於詩的興味卻比文大。這似乎是一個矛盾，其實不然。他們的困難在意義，他們的興味在聲調；聲調是詩的原始的也是主要的效用，所以他們雖覺難懂，還是樂意。他們更樂意讀近體詩；近體詩比古體詩大體上更難理解，可是聲調也更諧和，便於吟誦，他們的興味顯然在此。

這兒可以看出吟誦的重要來。這是詩的興味的發端，也是詩學的第一步。但偶然的、隨意的吟誦是無用的；足以消遣，不足以受用或成學。那得下一番切實的苦功夫，便是記誦。學習文學而懶於記誦是不成的，特別是詩。一個高中文科的學生，與其囫圇吞棗或走馬觀花地讀十部詩集，不如仔仔細細地背誦三百首詩。這三百首詩雖少，是你自己的；那十部詩集雖多，看過就還了別人。我不是說他們不應該讀十部詩集，我是說他們若不能仔仔細細讀這些詩集，讀了還不和沒讀一樣！

中國人學詩向來注重背誦。俗語說得好：「熟讀唐詩三百首，不會作詩也會吟。」我現在並不勸高中的學生作舊詩，但這句話卻有道理。「熟讀」不獨能領略聲調的好處，並且能熟悉詩的用字、句法、章法。詩是精粹的語言，有它獨具的表現法式。初學覺得詩難懂，大半便因爲這些法式太生疏之故。學習這些法式最有效的方法是綜合，多少應該像小兒學語一般；背誦便是這種綜合的方法。也許有人想，聲調的好處不須背誦就可領略，仔細說也不盡然，因爲聲調不但是平仄的分配，還有四聲的講究，不但是韻母的關係，還有聲母的關係。這些條目有人說是枷鎖，可是要說明舊詩的技巧，便不能不承認它們的存在。這些我們現在其實也還未能完全清楚，一個中學生當然無須詳細知道；但他會從背誦裡覺出一些細微的分別，雖然不能指名。他會覺出這首詩調子比另一首好，即使是平仄一樣的律詩或絕句，這在隨便吟誦的人是不成的。

現在的中學生大都不能辨別四聲，他們也沒有「韻」的觀念。這樣便不能充分領略詩的意味。四聲是平、上、去、入四種字調，最好幼時學習，長大了要難得多。這件事非理論所能幫助，只能用誦讀《四聲等韻圖》（如東、董、凍、篤之類，《康熙字典》卷首有此圖）或背誦近體詩兩法學習。誦讀四聲圖最好用自己方音，全讀或反復讀一行（如東、董、凍、篤）都可，但須常讀，到任舉一字能辨其聲爲止。這方法在成人也是有效的，有人用過；不過似乎太機械些。背誦近體詩要有趣得多，而且是一舉兩得的辦法。近體詩的平仄有一定的譜；從那調勻的聲調裡，你可漸漸地辨別。這方法也有人用過見效；但我想怕只能辨別平仄，要辨別四聲，還是得讀四聲圖的。所以若能兩法並用最好。至於「韻」的觀念，比較容易獲得，方法仍然是背誦近體詩，可是得有人給指出韻的位置和韻書的用法。這是容易說明的，與平仄之全憑天籟不同。不過單是說明，沒有應用，不能獲得確實的觀念，所以還要靠背誦。固然舊詩的韻有時與我們的口音不合：我們以爲不同韻的字，也許竟是同韻，我們以爲同韻的字，也許竟會不同韻，但這可以預先說明。好在大部分不致差得很遠，我們只要明白韻的觀念，並非要辨別各字的韻部，這樣也就行了。我只舉近體詩，因爲古體詩用韻較不整齊，又往往換韻，而所用韻字的音與現在相差也更遠。至於韻即今日所謂母音或元音，同韻字即同母音或元音的字，押韻即將此類字用在相「當」的地位，這些想是中學生諸君所已知道的。

記誦只是詩學的第一步。單記誦到底不夠的，須能明白詩的表現方式，記誦的效果才易見。詩是特種的語言，它因音數（四五七言是基本音數）的限制，便有了特種的表現法。它須將一個意思、一層意思或幾層意思用一定的字數表現出來，它與自然的、散文的語言有時相近，有時相遠，但絕不是相同的。它需要藝術的功夫。近體詩除長律外，句數有定，篇幅較短，有時還要對偶，所以更是如此。固然，這種表現法，記誦的詩多了，也可比較同異，漸漸悟出，但爲時既久，且未必能鞭辟入裡。因此便需要說詩的人。說詩有三種：注明典實，申述文義，評論作法。這三件就是說，用什麼材料，表什麼意思，使什麼技巧。上兩件似乎與表現方式無涉；但不知道這些，又怎能看出表現方式？也有些詩是沒什麼典實的，可是文義與技巧總有待說明處，初學者單靠自己捉摸，究竟不成。我常想，最好有「詩例」這種書，略仿俞曲園《古書疑義舉例》的體裁，將詩中各種句法或辭例，一一舉證說明。坊間《詩學入門》一類書，也偶然注意及此，但太略、太陋，無甚用處。比較可看而又易得的，只有李鍈《詩法易簡錄》（有鉛印本）、朱寶瑩《詩式》（中華書局鉛印）。《詩法易簡錄》於古體詩，應用王士禎、趙執信諸家之說，側重聲調一面，所論頗多精到處。於近體詩專重章法，簡明易曉，不作惝怳迷離語，也不作牽強附會語。《詩式》專取五七言近體，皆唐人清新淺顯之作，逐首加以評語注釋。注釋太簡陋，且不免錯誤；評語詳論句法章法，很明切，便於初學。書中每一體（指絕句、律句）前有一段說明，論近體聲調宜忌，能得要領。初學讀此書及前書後半部，可增進對於近體詩的理解力與賞鑑力。至於前書古體一部分，卻宜等明白四聲後再讀；早讀一定莫名其妙。

此外宜多讀注本，評本。注本易蕪雜，評本易膚泛籠統，選擇甚難。我是主張中學生應多讀選本的，姑就選本說罷。唐以前的五言詩與樂府，自然用《文選》李善注（仿宋胡刻《文選》有影印本），劉履的《選詩補注》（有石印本）和于光華的《文選集評》（石印本名《評註昭明文選》）也可參看。《玉台新詠》（吳兆宜箋注，有石印本）的重要僅次於《文選》，有些著名的樂府只見於此書，又編者徐陵在昭明太子之後，所以收的作家多些。沈德潛《古詩源》

也可用，有王蒓父箋注本（崇古書社鉛印），但箋注頗有誤處。唐詩可用沈氏《唐詩別裁集》（有石印本），此書有俞汝昌引典備注（刻本），是正統派選本。另有五代韋穀《才調集》，以晚唐爲宗，有馮舒、馮班評語，簡當可看（有石印本）；殷元勳、宋邦綏作箋注，石印本無之。以上二書，兼備衆體。元好問的《唐詩鼓吹》專選中晚唐七律，元是金人，當然受宋詩的影響，他是別出手眼去取的。此書有郝天挺注，廖文炳解，錢謙益、何焯評（文明書局石印）。有人說這是僞書，錢謙益曾作序辨之；我得見姚華先生所藏元刊本諸序，覺得錢氏所說不誤。另有徐增《而庵說唐詩》（刻本），頗能咬嚼文字，啓人心思，也是各體都有。宋詩選本有注者似甚少。七古可看聞人倓《古詩箋》（王士禎原選），七律可看趙彥博《宋今體詩鈔注略》（姚鼐有《今體詩鈔》，此書只注宋代諸作）。但前書價貴些，後書又少見。張景星《宋詩百一選》（石印本，在《五朝詩別裁集》中）備各體，可惜沒有注。選集的評本，除前已提及的外，最多最著名的要算紀昀《瀛奎律髓刊誤》。紀氏論詩雖不免過苛，但剖析入微，耐人尋味，值得細看。又文明書局有《歷代詩評註讀本》（分古詩、唐詩、宋元明詩、淸詩），也還簡明可看。至於漢以前的詩，自然該讀《詩經》《楚辭》。《詩經》可全讀，用朱熹集注就行；《楚辭》只須讀屈、宋諸篇，也可用朱熹集注。

詩話可以補注本、評本之不及，大抵片段的多，系統的少。章學誠分詩話爲論詩及事與及辭兩種，最爲明白。成書最早的詩話，要推梁鍾嶸的《詩品》（許文玉《詩品釋》最佳，北京大學出版部代售），將漢以來五言詩作者分爲上中下三品，所論以辭爲主。到宋代有「詩話」之名，詩話也是這時才盛。我只舉魏慶之《詩人玉屑》及嚴羽《滄浪詩話》兩種。前者採擷南宋諸家詩話，分類編成，能引人入勝；後者始創「詩有別材、別趣」之說，影響後世甚大（均有石印本，後者並有注）。袁枚的《詩法叢話》（有石印本）也與《詩人玉屑》同類，但採擷的範圍直至清代。至於專論詩話的，有郭紹虞先生的《詩話叢話》，見《小說月報》二十卷一、二、四諸號中，可看。詩話之外，若還願意知道一些詩的歷史，我願意介紹葉燮《原詩》（見《清詩話》，文明書局發行）；《原詩》中論詩學及歷代詩大勢，都有特見。黃節先生《詩學》要言不煩，只是已絕版。陸侃如先生《中國詩史》聽說已由大江書鋪付印，那將是很好的一部詩史，我念過其中一部分。此外邵祖平《唐詩通論》（《學衡》十二期）總論各節都有新意；許文玉《唐詩綜論》（北京大學出版部代售）雖瑣碎而切實，均可供參考。宋詩有莊蔚心《宋詩研究》（大東書局），材料不多，但多是有用的原料；較《小說月報》「中國文學研究」中陳延傑《宋詩的派別》一文要好些。再有，胡適先生《白話文學史》和《國語文學史》中論詩諸章，以白話的立場說舊詩趨勢，也很值得一讀的。

附註

文中忘記說及顧實的《詩法捷要》一書（上海醫學書局印）。這本書雜錄前人之說（如方回《瀛奎律髓》、周弼《三體唐詩》等），沒有什麼特見，但因所從出的書有相當價值，所以可看。書分三編：前編論絕句，中編論律詩，均先述聲律，次列作法，終舉作例；後編專論古詩聲韻。初學可先看前兩編。

《古詩十九首釋》前言

詩是精粹的語言。因爲是「精粹的」，便比散文需要更多的思索，更多的吟味；許多人覺得詩難懂，便是爲此。但詩究竟是「語言」，並沒有眞的神祕；語言，包括說的和寫的，是可以分析的；詩也是可以分析的。只有分析，才可以得到透徹的了解；散文如此，詩也如此。有時分析起來還是不懂，那是分析得還不夠細密，或者是知識不夠，材料不足，並不是分析這個方法不成。這些情形，不論文言文、白話文、文言詩、白話詩，都是一樣，不過在一般不大熟悉文言的青年人，文言文，特別是文言詩，也許更難懂些罷了。

我們設「詩文選讀」這一欄，便是要分析古典和現代文學的重要作品，幫助青年諸君的了解，引起他們的興趣，更注意的是要養成他們分析的態度。只有能分析的人，才能切實欣賞；欣賞是在透徹的了解裡。一般的意見將欣賞和了解分成兩截，實在是不妥的。沒有透徹的了解，就欣賞起來，那欣賞也許會驢唇不對馬嘴，至多也只是模糊影響。一般人以爲詩只能綜合的欣賞，一分析詩就沒有了。其實詩是最錯綜的、最多義的，非得細密的分析功夫，不能捉住它的意旨。若是囫圇吞棗的讀去，所得著的怕只是聲調辭藻等一枝一節，整個兒的詩會從你的口頭眼下滑過去。

本文選了《古詩十九首》作對象，有兩個緣由。一來《十九首》可以說是我們最古的五言詩，是我們詩的古典之一。所謂「溫柔敦厚」「怨而不怒」的作風，《三百篇》之外，《十九首》是最重要的代表。直到六朝，五言詩都以這一類古詩為標準，而從六朝以來的詩論，還都以這一類詩為正宗。《十九首》影響之大，從此可知。

二來《十九首》既是詩的古典，說解的人也就很多。古詩原來很不少，梁代昭明太子蕭統的《文選》裡卻只選了這十九首。《文選》成了古典，《十九首》也就成了古典；《十九首》以外，古詩流傳到後世的，也就有限了。唐代李善和「五臣」給《文選》作注，當然也注了《十九首》。嗣後歷代都有說解《十九首》的，但除了《文選》注家和元代劉履的《選詩補注》，整套作解的似乎沒有。清代箋注之學很盛，獨立說解《十九首》的很多。近人隋樹森先生編有《古詩十九首集釋》一書（中華版），蒐羅歷來《十九首》的整套的解釋，大致完備，很可參看。

這些說解，算李善的最為謹慎，切實；雖然他釋「事」的地方多，釋「義」的地方少。「事」是詩中引用的古事和成辭，普通稱為「典故」。「義」是作詩的意思或意旨，就是我們日常說話裡的「用意」。有些人反對典故，認為詩貴自然，辛辛苦苦注出詩裡的典故，只表明詩句是有「來歷」的，作者是淵博的，並不能增加詩的價值。另有些人也反對典故，認為太麻煩、太瑣碎，反為欣賞之累。

可是，詩是精粹的語言，暗示是它的生命。暗示得從比喻和組織上作功夫，利用讀者聯想的力量。組織得簡約緊湊，似乎斷了，實在連著。比喻或用古事成辭，或用眼前景物；典故其實是比喻的一類。這首詩那首詩可以不用典故，但是整個兒的詩是離不開典故的。舊詩如此，新詩也如此，不過新詩愛用外國典故罷了。要透徹地了解詩，在許多時候，非先弄明白詩裡的典故不可。陶淵明的詩，總該算「自然」了，但他用的典故並不少。從前人只囫圇讀過，直到近人古直先生的《靖節詩箋定本》，才細細地注明。我們因此增加了對於陶詩的了解；雖然我們對於古先生所解釋的許多篇陶詩的意旨並不敢苟同。李善注《十九首》的好處，在他所引的「事」都跟原詩的文義和背景切合，對我們幫助很大。

別家說解，大都重在意旨。有些是根據原詩的文義和背景，卻忽略了典故，因此不免望文生義，模糊影響。有些並不根據全篇的文義、典故、背景，卻只斷章取義，讓「比興」的信念，支配一切。所謂「比興」的信念，是認為作詩必關教化；凡男女私情，相思離別的作品，必有寄託的意旨——不是「臣不得於君」，便是「士不遇知己」。這些人似乎覺得相思、離別等私情不值得作詩，作詩和讀詩必須能見其大。但是原作裡卻往往不見那大處。於是，他們便抓住一句兩句，甚至一詞兩詞，曲解起來，發揮開去，好湊合那個傳統的信念。這不但不切合原作，並且常常不能自圓其說，只算是無中生有，驢唇不對馬嘴罷了。

據近人的考證，《十九首》大概作於東漢末年，是建安（獻帝）詩的前驅。李善就說過，詩裡的地名像「宛」「洛」「上東門」，都可以見出有一部分是東漢人作的，但他還相信其中有西漢詩。歷來認爲《十九首》裡有西漢詩，只有一個重要的證據，便是第七首裡「玉衡指孟冬」一句話。李善說，這是漢初的曆法。後來人都信他的話，同時也就信《十九首》中一部分是西漢詩。不過李善這條注並不確切可靠，俞平伯先生有過詳細討論，載在《清華學報》裡。我們現在相信這句詩還是用的夏曆。此外，梁啓超先生的意見，《十九首》作風如此相同，不會分開在相隔幾百年的兩個時代（《美文及其歷史》）。徐中舒先生也說，東漢中葉，文人的五言詩還是很幼稚的；西漢若已有《十九首》那樣成熟的作品，怎麼會有這種現象呢！（《古詩十九首考》，《中大語言歷史研究所週刊》六十五期）

《十九首》沒有作者，但並不是民間的作品，而是文人仿樂府作的詩。樂府原是入樂的歌謠，盛行於西漢。到東漢時，文人仿作樂府辭的極多；現存的樂府古辭，也大都是東漢的。仿作樂府，最初大約是依原調，用原題；後來便有只用原題的。再後便有不依原調，不用原題，只取樂府原意，作五言詩的了。這種作品，文人化的程度雖然已經很高，題材可還是民間的，如人生不常、及時行樂、離別、相思、客愁等。這時代作詩人的個性還見不出，而每首詩的作者，也並不限於一個人；所以沒有主名可指。《十九首》就是這類詩，詩中常用典故，正是文人的色彩。但典故並不妨害《十九首》的「自然」，因爲這類詩究竟是民間味，而且只是渾括的抒敘，還沒到精細描寫的地步，所以就覺得「自然」了。

詩的形式

二十多年來寫新詩的和談新詩的都放不下形式的問題，直到現在，新詩的提倡從破壞舊詩詞的形式下手。胡適之先生提倡自由詩，主張「自然的音節」。但那時的新詩並不能完全脫離舊詩詞的調子，還有些利用小調的音節的。完全用白話調的自然不少，詩行多長短不齊，有時長到二十幾個字，又多不押韻。這就很近乎散文了。那時劉半農先生已經提議「增多詩體」，他主張創造與輸入雙管齊下。不過沒有什麼人注意。一九二三年陸志韋先生的《渡河》出版，他試驗了許多外國詩體，有相當的成功；有一篇《我的詩的軀殼》，說明他試驗的情形。他似乎很注意押韻，但還是覺得長短句最好。那時正在盛行「小詩」——自由詩的極端——他的試驗也沒有什麼人注意。這裡得特別提到郭沫若先生，他的詩多押韻，詩行也相當整齊。他的詩影響很大，但似乎只在那泛神論的意境上，而不在形式上。

「自然的音節」近於散文而沒有標準——除了比散文句子短些、緊湊些。一般人，不但是反對新詩的人，似乎總願意詩距離散文遠些，有它自己的面目。一九二五年北平《晨報・詩刊》提倡的格律詩能夠風行一時，便是爲此。《詩刊》主張努力於「新形式與新音節的發現」

（《詩刊》弁言），代表人是徐志摩、聞一多兩位先生。徐先生試驗各種外國詩體，他的才氣足以駕馭這些形式，所以成績斐然，而「無韻體」的運用更能達到自然的地步。這一體可以說已經成立在中國詩裡。但新理論的建立得靠聞先生。他在《詩的格律》一文裡主張詩要有「建築的美」，這包括「節的勻稱」「句的均齊」。要達到這種勻稱和均齊，便得講究格式、音尺、平仄、韻腳等。如他的《死水》詩的兩頭行：

這是　一溝　絕望的　死水，
清風　吹不起　半點　漪淪。

兩行都由三個「二音尺」和一個「三音尺」組成，而安排不同。這便是「句的均齊」的一例。他也試驗種種外國詩體，成績也很好。後來又翻譯白朗寧夫人十四行詩幾十首，發表在《新月》雜誌上；他給這種形式以「商籟體」的新譯名。他是第一個使人注意「商籟」的人。

聞、徐兩位先生雖然似乎只是輸入外國詩體和外國詩的格律說，可是同時在創造中國新詩體，指示中國詩的新道路。他們主張的格律不像舊詩詞的格律這樣呆板；他們主張「相體裁衣」，多創格式。那時的詩便多向「勻稱」「均齊」一路走。但一般似乎只注重詩行的相等的字數而忽略了音尺等，駕馭文字的力量也還不足；因此引起「方塊詩」甚至「豆腐乾詩」等嘲笑的名字。一方面有些詩行還是太長。這當兒李金髮先生等的象徵詩興起了。他們不注重形式而注重詞的色彩與聲音。他們要充分發揮詞的暗示的力量；一面創造新鮮的隱喻，一面參用文言的虛字，使讀者不致滑過一個詞去。他們是在向精細的地方發展。這種作風表面上似乎回到自由詩，其實不然；可是規律運動卻暫時像衰竭了似的。一般的印象好像詩只須「相體裁衣」，講格律是徒然。

但格律運動實在已經留下了不滅的影響。只看抗戰以來的詩，一面雖然趨向散文化，一面卻也注意「勻稱」和「均齊」，不過並不一定使各行的字數相等罷了，艾青和臧克家兩位先生的詩都可作例；前者似乎多注意在「勻稱」上，後者卻兼注意在「均齊」上。而去年出版的卞之琳先生的《十年詩草》，更使我們知道這些年裡詩的格律一直有人在試驗著。從陸志韋先生起始，有志試驗外國種種詩體的，徐、聞兩先生外，還該提到梁宗岱先生，卞先生是第五個人，他試驗過的詩體大概不比徐志摩先生少。而因爲有前頭的人做鏡子，他更能融會那些詩體來寫自己的詩。第六個人是馮至先生，他的《十四行集》也在去年出版；這集子可以說建立了中國十四行的基礎，使得向來懷疑這詩體的人也相信它可以在中國詩裡活下去。無韻體和十四行（或商籟）值得繼續發展，別種外國詩體也將融化在中國詩裡。這是摹仿，同時是創造，到了頭都會變成我們自己的。

無論是試驗外國詩體或創造「新格式與新音節」，主要的是在求得適當的「勻稱」和「均齊」。自由詩只能作爲詩的一體而存在，不能代替「勻稱」「均齊」的詩體，也不能佔到比後者更重要的地位。外國詩如此，中國詩不會是例外。這個爲的是讓詩和散文距離遠些。原來詩和散文的分界，說到底並不顯明；像牟雷（Murry）甚至於說這兩者並沒有根本的區別（見《風格問題》一書）。不過詩大概總寫得比較強烈些；它比散文經濟些，一方面卻也比散文復沓多些。經濟和復沓好像相反，其實相成。復沓是詩的節奏的主要的成分，詩歌起源時就如此，從現在的歌謠和《詩經》的《國風》都可看出。韻腳跟雙聲疊韻也都是復沓的表現。詩的特性似乎就在回環復沓，所謂兜圈子；說來說去，只說那一點兒。復沓不是爲了要說得少，是爲了要說得少而強烈些。詩隨時代發展，外在形式的復沓漸減，內在意義的復沓漸增，於是乎講求經濟的表現——還是爲了說得少而強烈些。但外在的和內在的復沓，比例儘管變化，卻相依爲用，相得益彰。要得到強烈的表現，復沓的形式是有力的幫手。就是寫自由詩，詩行也得短些、緊湊些；而且不宜過分參差，跟散文相混。短些、緊湊些，總可以讓內在的復沓多些。

新詩的初期重在舊形式的破壞，那些白話調都趨向於散文化。陸志韋先生雖然主張用韻，但還覺得長短句最好，也可見當時的風氣。其實就中外的詩體（包括詞曲）而論，長短句都不是主要的形式；就一般人的詩感而論，也是如此。現在新詩已經發展到一個程度，使我們感覺到「勻稱」和「均齊」還是詩的主要的條件；這些正是外在的復沓的形式。但所謂「勻稱」和「均齊」並不要像舊詩——尤其是律詩——那樣凝成定型。寫詩只須注意形式上的幾個原則，盡可「相體裁衣」，而且必須「相體裁衣」。

歸納各位作家試驗的成果，所謂原則也還不外乎「段的勻稱」和「行的均齊」兩目。段的勻稱並不一定要各段形式相同。盡可甲段和丙段相同，乙段和丁段相同；或甲乙丙段依次跟丁戊己段相同。但間隔三段的復沓（就是甲乙丙丁段依次跟戊己庚辛段相同）便似乎太遠或太瑣碎些。所謂相同，指的是各段的行數、各行的長短和韻腳的位置等。行的均齊主要在音節（就是音尺）。中國語在文言裡似乎以單音節和雙音節爲主，在白話裡似乎以雙音節和三音節爲主。顧亭林說過，古詩句最長不過十個字；據卞之琳先生的經驗，新詩每行也只該到十個字左右，每行最多五個音節。我讀過不少新詩，也覺得這是詩行最適當的長度，再長就拗口了。這裡得注重輕音字，如「我的」的「的」字，「鳥兒」的「兒」字等。這種字不妨作爲半個音，可以調整音節和詩行；行裡有輕音字，就不妨多一個兩個字的。點號卻多少有些相反的作用；行裡有點號，不妨少一兩個字。這樣，各行就不會像刀切的一般齊了。各行音節的數目，當然並不必相同，但得勻稱地安排著。一行至少似乎得有兩個音節。韻腳的安排有種種式樣，但不外連韻和間韻兩大類，這裡不能詳論。此外句中韻（內韻），雙聲疊韻，陰聲陽聲，開齊合撮四呼等，如能注意，自然更多幫助。這些也不難分辨。一般人難分辨的是平仄聲；但平仄聲的分別在新詩裡並不佔什麼地位。

新詩的白話，跟白話文的白話一樣，並不全合於口語，而且多少趨向歐化或現代化。本來文字也不能全合於口語，不過現在的白話詩文跟口語的距離比一般文字跟口語的距離確是遠些；因為我們的國語正在創造中。文字不全合於口語，可以使文字有獨立的地位，自己的尊嚴。現在的白話詩文已經有了這種地位，這種尊嚴。象徵詩的訓練，使人不放鬆每一個詞語，幫助增進了這種地位和尊嚴。但象徵詩為要得到幽澀的調子，往往參用文言虛字，現在卻似乎不必要了。當然用文言的虛字，還可以得到一些古色古香；寫詩的人還可以這樣做的。有些詩純用口語，可以得著活潑親切的效果；徐志摩先生的無韻體就能做到這地步。自由詩卻並不見得更宜於口語。不過短小的自由詩不然。蘇聯瑪耶可夫斯基的一些詩，就是這一類，從譯文裡也見出那精悍處。田間先生的《中國農村的故事》以至「詩傳單」和「街頭詩」也有這種意味。因為整個兒短小的詩形便於運用內在的復沓，比較容易成功經濟的強烈的表現。

詩的語言

一、詩是語言

普通人多以爲詩是特別的東西，詩人也是特別的人。於是總覺得詩是難懂的，對它採取乾脆不理的態度，這實在是詩的一種損失。其實，詩不過是一種語言，精粹的語言。

（一）詩先是口語

最初詩是口頭的，初民的歌謠即是詩，口詩的歌謠，是遠在記錄的詩之先的，現在的歌謠還是詩。今舉對唱的山歌爲例：「你的山歌沒得我的山歌多。我的山歌幾籮筐。籮筐底下幾個洞，唱的沒有漏的多。」「你的山歌沒得我的山歌多。我的山歌牛毛多。唱了三年三個月，還沒唱完牛耳朵。」

兩邊對唱，此歇彼繼，有挑戰的意味，第一句多重複，這是詩；不過是較原始的形式。

（二）詩是語言的精粹

詩是比較精粹的語言，但並不是詩人的私語，而是一般人都可以了解的。如李白的《靜夜思》：

床前明月光，疑是地上霜。舉頭望明月，低頭思故鄉。

這四句詩很易懂，而且千年後仍能引起我們的共鳴。因爲所寫的是「人」的情感，用的是公衆的語言，而不是私人的私語。孩子們的話有時很有詩味，如：

院子裡的樹葉已經巴掌一樣大了，爸爸什麼時候回來呢？

這也見出詩的語言並非詩人的私語。

二、詩與文的分界

（一）形式不足盡憑

從表面看，似乎詩要押韻，有一定形式。但這並不一定是詩的特色。散文中有時有詩。詩中有時也有散文。

前者如：

歷覽前賢國與家，成由勤儉破由奢。（李商隱）

向你倨，你也不削一塊肉；向你恭，你也不長一塊肉。（博斯年）

後者如：

暮春三月，江南草長，雜花生樹。群鶯亂飛。（丘遲）

我們最當敬重的是瘋子，最當親愛的是孩子，瘋子是我們的老師，孩子是我們的朋友。我們帶著孩子，跟著瘋子走向光明去。（傅斯年）

頌美黑暗。謳歌黑暗。只有黑暗能將這一切都消滅調和於虛無混沌之中。沒有了人，沒有了我，更沒有了世界。（冰心）

上面舉的例子，前兩個，雖是詩，意境卻是散文的。後三個雖是散文，意境卻是詩的。

又如歌訣，雖具有詩的形式，卻不是詩。如：

平聲平道莫低昂，上聲高呼猛烈強，去聲分明哀遠道，入聲短促急收藏。

諺語雖押韻，也不是詩。如：

病來一大片，病去一條線。

(二)題材不足限制

題材也不能爲詩、文的分界，五四運動時代，曾有一回「醜的字句」的討論。有人主張「洋樓」「小火輪」「革命」「電報」……不能入詩；世界上的事物，有許多許多——無論是少數人的，或多數人所習聞的事物——是絕對不能入詩的。但他們並沒有從正面指出哪些字句是可以入詩的，而且上面所舉出的事物未嘗不可入詩。如邵瑞彭的詞：

電掣靈蛇走，雲開怪蜃沉，燭天星漢壓潮音。十美燈船，搖蕩大珠林。（《詠輪船》）

這能說不是「詩」嗎？

（三）美無定論

如果說「美的東西是詩」，這句話本身就有語病；因爲不僅是詩要美，文也要美。

大概詩與文並沒有一定的界限，因時代而定。某一時代喜歡用詩來表現，某一時代卻喜歡用文來表現。如，宋詩之多議論，因爲宋代散文發達；這種發議論的詩也是詩。白話詩，最初是抒情的成分多，而抗戰以後，則散文的成分多，但都是詩。現在的時候還是散文時代。

三、詩緣情

詩是抒情的。詩與文的相對的分別，多與語言有關。詩的語言更經濟，情感更豐富。達到這種目的的方法：

（一）暗示與理解

用暗示，可以從經濟的字句，表示或傳達出多數的意義來，也就是可以增加情感的強度。如辛稼軒的詞：

將軍百戰身名裂，向河梁、回頭萬里故人長絕。易水蕭蕭西風冷，滿座衣冠似雪。正壯士悲歌未徹。

這詞是辛稼軒和他兄弟分別時作的，其中所引用的兩個別離的故事之間沒有橋梁；如果不懂得故事的意義，就不能把它們湊合起來，理解整個兒的意思，這裡需要讀者自己來搭橋梁，來理解它。又如朱嘉的《觀書有感》：

半畝方塘一鑒開，天光雲影共徘徊。「問渠那得清如許？」「為有源頭活水來。」

也完全是用暗示的方法，表示讀書才能明理。

(二)比喻與組織

從上段可以看出，用比喻是最經濟的辦法，一個比喻可以表達好幾層意思。但讀詩時，往往會覺得比喻難懂。比喻又可分：

1. 人事的比喻：比較容易懂。

2.歷史的比喻：（典故）比較難懂。

新詩中用比喻的例子，卞之琳《音塵》：

綠衣人熟稔的按門鈴，
就按在住戶的心上；
是游過黃海來的魚？
是飛過西伯利亞來的雁？
「翻開地圖看，」遠人說。
他指示我他所在的地方，
是那條虛線旁那個小黑點。
如果那是金黃的一點，
如果我的座椅是泰山頂，
在月夜，我要你猜你那兒，
准是一個孤獨的火車站。
然而我正對著一本歷史書，
西望夕陽里的咸陽古道，

我等到了一匹快馬的蹄音。

在這首詩裡，作者將那個小黑點形象化、具體化，用了「魚」和「雁」的典故，又用了「泰山」和「火車站」作比喻，而「夕陽」「古道」，來自李白《憶秦娥》「樂游原上清秋節，咸陽古道音塵絕。音塵絕，西風殘照，漢家陵闕」，也是一種比喻，用古人的傷別的情感喻自己的情感。

詩中的比喻有許多是詩人自己創造出來的，他們從經驗中找出一些新鮮而別緻的東西來作比喻的。如：

陳散原先生的「鄉縣醬油應染夢」，「醬油」亦可創造比喻。可見只要有才，新警的比喻是俯拾即是的。

四、組織

(一)韻律

詩要講究音節，舊詩詞中更有人主張某種韻表示某種情感者，如周濟《宋四家詞選敘論》：

陽聲字多則沉頓，陰聲字多則激昂，重陽間一陰，則柔而不靡，重陰間一陽，則高而不危。

東、真韻寬平，支、先韻細膩，魚、歌韻纏綿，蕭、尤韻感慨，各具聲響。

（二）句式的復沓與倒置

因爲詩是發抒情感的，而情感多是重複迂迴的，如《古詩十九首》：

行行重行行，與君生別離。相去萬餘里，各在天一涯。道路陽且長，會面安可知……

這幾句都表示同一意思——相隔之遠，可算一種復沓。句式的復沓又可分字重與意重。前者較簡單，後者較複雜。歌謠與故事亦常用復沓，因爲復沓可以加強情調，且易於記誦。如李商隱詩：

君問歸期未有期，巴山夜雨漲秋池。
何當共剪西窗燭，卻話巴山夜雨時。

這也是復沓，但比較的曲折了。

新詩如杜運燮《滇緬公路》：

……路，永遠興奮，
都來歌唱呵，
這是重要的日子，
幸福就在手頭。

看它，
風一樣有力，
航過綠色的田野，
蛇一樣輕靈，
從茂密的草木間盤上高山的背脊，
飄行在雲流中，
而又鷹一般敏捷，
畫幾個優美的圓弧。

降落到箕形的溪谷，
傾聽村落裡安息前歡愉的匆促，
輕煙的朦朧中，
溢著親密的呼喚，
人性的溫暖。
有時更懶散，
沿著水流緩緩走向城市，
而就在粗糙的寒夜裡，
荒冷而空洞，
也一樣負著全民族的食糧，
載重車的黃眼滿山搜索，
搜索著跑向人民的渴望：
沉重的橡皮輪不絕的滾動著，人民興奮的脈搏，
每一塊石子一樣，
覺得為勝利盡忠而驕傲！
微笑了，在滿足而微笑著的星月下面，

微笑了，在豪華的凱旋日子的好夢……

一方面用比喻使許多事物形象化、具體化；一方面寫全民族的情感，仍不離詩的復沓的原則，復沓地寫民族抗戰的勝利。

句式之倒置，在引起注意。如：

竹喧歸浣女。

（三）分行

分行則句子的結構可以緊湊一點，可以集中讀者的邊際注意。

詩的用字須經濟。如王維的：

大漠孤煙直，長河落日圓。

十字，是一幅好畫，但比畫表現得多，因爲這兩句詩中的「直」「圓」是動的過程，畫是無法表現的。

五、傳達與了解

（一）傳達是不完全的

詩雖不如一般人所說的難懂，但表達時不是完全的，如比喻或用典時往往不能將意思或情感全傳達出來。

（二）了解也是不完全的

因為讀者讀詩的心情和周遭的情景，對讀者對詩的了解都有影響；往往因心情或情景的不同，了解也不同。

詩究竟是不是如一般人所說的帶有神祕性，有無限可能的解釋呢？這是很不容易回答的。但有一點可以說：我們不能離開字句及全詩的整體去解釋詩。

詩韻

新詩開始的時候，以解放相號召，一般作者都不去理會那些舊形式。押韻不押韻自然也是自由的。不過押韻的並不少。到現在通盤看起來，似乎新詩押韻的並不比不押韻的少得很多。再說舊詩詞曲的形式保存在新詩裡的，除少數句調還見於初期新詩裡以外，就沒有別的，只有韻腳。這值得注意。新詩獨獨地接受了這一宗遺產，足見中國詩還在需要韻，而且可以說中國詩總在需要韻。原始的中國詩歌也許不押韻，但是自從押了韻以後，就不能完全甩開它似的。韻是有它存在的理由的。

韻是一種復沓，可以幫助情感的強調和意義的集中。至於帶音樂性，方便記憶，還是次要的作用。從前往往過分重視這種次要的作用，有時會讓音樂淹沒了意義，反覺得浮滑而不真切。即如中國讀詩重讀韻腳，有時也會模糊了全句；近體律絕聲調鏗鏘，更容易如此。幸而一般總是隔句押韻，重讀的韻腳不至於句句碰頭。句句碰頭的像「柏梁體」的七言古詩，逐句押韻，一韻到底，雖然是強調，卻不免單調。所以這一體不爲人所重。新詩不應該再重讀韻腳，但習慣不容易改，相信許多人都還免不了這個毛病。我讀老舍先生的《劍北篇》，就因爲重讀韻腳的緣故，失去了許多意味；等聽到他自己按著全句的意義朗讀，只將韻腳自然地帶過去，這才找補了那些意味。——不過這首詩每行押韻，一韻又有許多行，似乎也嫌密些。

有人覺得韻總不免有些浮滑，而且不自然。新詩不再爲了悅耳；它重在意義，得採用說話的聲調，不必押韻。這也言之成理。不過全是說話的聲調也就全是說話，未必是詩。英國約翰．德林瓦特（John Drinkwater）曾在《論讀詩》的一張留聲機片中說全用說話調讀詩，詩便跑了。是的，詩該採用說話的調子，但詩的自然究竟不是說話的自然，它得加減點兒，誇張點兒，像電影裡特別鏡頭一般，它用的是提煉的說話的調子。既是提煉而得自然，押韻也就不至於妨礙這種自然。不過押韻的樣式得多多變化，不可太密，不可太板，不可太響。

押韻不可太密，上文已舉「柏梁體」爲例。就是隔句押韻，有些人還恐怕單調，於是乎有轉韻的辦法；這用在古詩裡，特別是七古裡。五古轉韻，因爲句子短，隔韻近，轉韻求變化，道理明白。但七古句子長，韻隔遠，爲什麼轉韻的反而多呢？這有特別的理由。原來六朝到唐代七古多用諧調，平仄鏗鏘，帶音樂性已經很多，轉韻爲的是怕音樂性過多。後來宋人作七古，多用散文化的句調，卻怕音樂性過少，便常一韻到底，不換韻。所以韻的作用，歸根結底，還是隨著意義變的；我們就韻論韻，只是一種方便，得其大概罷了，並沒有什麼鐵律可言。詞的句調比較近於說話，變化多，轉韻也多。可是詞又出於樂歌，帶著很多的音樂性，所以一般地看，用韻比較密。它以轉韻調劑密韻，顯明的例子如《河傳》。還有一種平仄通押

（如賀鑄《水調歌頭》「南國本瀟灑，六代浸豪奢」一首，見《東山寓聲樂府》）也是轉韻；變化雖然不及一般轉韻的大，卻能保存著那一韻到底的一貫的氣勢，是這一體的長處。曲的句調也近於說話，但以明快爲主，並因樂調的配合，都是到底一韻。不過平仄通押是有的。

詞的押韻的樣式最多，它還有間韻。如溫庭筠的《酒泉子》道：

楚女不歸，
樓枕小河春水。
月孤明，風又起，
杏花稀。
玉釵斜篸雲鬟髻，
裙上鏤金鳳。
八行書，千里夢，
雁南飛。

（據《詞律》卷三）

這裡間隔錯綜地押著三個韻，很像新詩；而那「稀」和「鳳」兩韻，簡直就是新詩的「章韻」。又如蘇軾的《水調歌頭》的前半闋道：

明月幾時有？把酒問青天◎。
不知天上宮闕，今夕是何年◎！
我欲乘風歸去●，
又恐瓊樓玉宇●
高處不勝寒◎。
起舞弄清影，何似在人間◎！

（據任二北先生《詞學研究法》，與《詞律》異）

這也是間隔著押兩個韻。這些都是轉韻，不過是新樣式罷了。

詩裡早有人試過間韻。晚唐章碣有所謂「變體」律詩，平仄各一韻，就是這個：

東南路盡吳江畔○，
正是窮愁暮雨天◎。

鷗鷺不嫌斜兩岸○，
波濤欺得逆風船◎。
偶逢島寺停帆看○，
深羨漁翁下釣眠◎。
今古若論英達算○，
鴟夷高興固無邊◎。

（《全康詩》四函一冊）

章碣「變體」只存這一首，也不見別人仿作，可見並未發生影響。他的試驗是失敗了。失敗的原因，我想是在太板太密。新詩裡常押這種間韻，但是詩行節奏的變化多，行又長，就沒有什麼毛病了。間韻還可以跨句。如上舉《酒泉子》的「起」韻，《水調》的「宇」韻，都不在意義停頓的地方，得跟下面那個不同韻的韻句合成一個意義單位。這是減輕韻腳的重量，增加意義的重量，可以稱爲跨句韻。這個樣式也從詩裡來，鮑照是創始的人。如他的《梅花落》詩道：

中庭雜樹多◎，偏為梅咨嗟◎。問君何獨然？念其霜中能作花◎，霜中能作實○。

搖蕩春風媚春日◎，念爾零落逐寒風，徒有霜華無霜質◎！

「實」韻正是跨句韻；但這首詩只是轉韻，不是間韻。現在新詩裡用間韻很多，用這種跨句韻也不少。

任二北先生在《詞學研究法》裡論「諧於吟諷之律」，以爲押韻「連者密者爲諧」。他以爲《酒泉子》那樣押韻嫌「隔」而不連，《西平樂》後半闋「十六句只三協韻」，嫌「疏」而不密。他說這些「於歌唱之時，容或成爲別調，若於吟諷之間，則皆無取焉」，他雖只論詞，但喜歡連韻和密韻，卻代表著傳統的一般的意見。我們一向以高響的說話和歌唱爲「好聽」（見王了一先生《什麼話好聽》一文，《國文月刊》），所以才有這個意見。但是現在的生活和外國的影響磨銳了我們的感覺；我們尤其知道詩重在意義，不只爲了悅耳。那首《酒泉子》的韻倒顯得新鮮而不平凡，那《西平樂》一調的疏韻也別有一種「諧」處。《詞律拾遺》卷六收吳文英的《西平樂》一首，後半闋十六句中有十三個四字短句。這種句式的整齊復沓也是一種「諧」，可以減少韻的負擔。所以「十六句三協韻」並不爲少。

這種疏韻除利用句式的整齊復沓外，還可與句中韻（內韻）和雙聲疊韻等合作，得到新鮮的和諧。疏韻和間韻都有點兒「啞」，但在啞的嚴肅裡，意義顯出了重量。新詩逐行押韻的比較少，大概總是隔行押韻或押間韻。新詩行長，這就見得韻隔遠，押韻疏了。間韻能夠互相調諧，從十四行體的流行可知；隔行押韻，也許加點兒花樣更和諧些。新詩這樣減輕了韻腳的分量。只是我們有時還不免重讀韻腳的老脾氣。這得靠朗讀運動來矯正。新詩對於韻的態度，受現代生活和外國詩的影響，前已提及。但這新種子，如本篇所敘，也曾在我們的泥土裡滋長過，只不算欣欣向榮罷了。所以這究竟也是自然的發展。

作舊詩詞曲講究選韻。這就是按著意義選押合宜的韻——指韻部，不指韻腳。周濟《宋四家詞選》敘論中說到各韻部的音色，就是爲的選韻。他道：

「東」「真」韻寬平，「支」「先」韻細膩，「魚」「歌」韻纏綿，「蕭」「尤」韻感慨，各具聲響，莫草草亂用。

這只是大概的說法，有時很得用，但不可拘執不化。因爲組成意義的分子很多，韻只居其一，不可給予太多的分量。韻部的音色固然可以幫助意義的表現，韻部的通押也有這種作用，而後者還容易運用些。作新詩不宜全押本韻，全押本韻嫌太諧太響。參用通押，可以啞些，所謂「不諧之諧」（現代音樂裡也參用不諧的樂句，正同一理）；而且通押時供選擇的韻字也增多。不過現在的新詩作者，押韻並不查詩韻，只以自己的藍青官話爲據，又常平仄通押，倒是不諧而諧的多。不過「諧韻」也用得著。這裡得提到教育部制定的《中華新韻》。這是一部標準的國音韻書，裡面注明通韻；要諧，押本韻，要不諧，押通韻。有本韻書查查，比自己想韻方便得多。作方言詩自然可用方音押韻，也很新鮮別緻的。新詩又常用「多字韻」或帶輕音字的韻，有一種輕快利落的意味；這也在減少韻腳的重量。胡適之先生的「了字韻」創始於新詩的「多字韻」，但他似乎用得太多。

現在舉卞之琳先生《傍晚》這首短詩，顯示一些不平常的押韻的樣式。

倚著西山的夕陽◎
和呆立著的廟牆◎
對望著：想要說什麼○呢○？
又怎麼不說○呢○？
馱著老漢的瘦驢◎
匆忙的趕回家去◎，
忒忒的，足蹄鼓著道●兒●——
枯澀的調●兒●！
半空裡哇的一聲△
一隻烏鴉從樹頂△

飛起來，可是沒有話了，
一日息下了。

按《中華新韻》，這首詩用的全是本韻。但「驢」與「去」，「聲」與「頂」是平仄通押；「陽」「牆」「護」「頂」都是跨句韻，「麼呢」「說呢」「道兒」「調兒」「話了」「下了」，都是「多字韻」。而「去」與「下」是輕音字，和非輕音學相押，爲的順應全詩的說話調。輕音字通常只作「多字韻」的韻尾，不宜與非輕音字押韻；但在要求輕快流利地說話的效用時，也不妨有例外。

歌謠裡的重疊

歌謠以重疊爲生命，腳韻只是重疊的一種方式。從史的發展上看，歌謠原只要重疊，這重疊並不一定是腳韻；那就是說，歌謠並不一定要用韻。韻大概是後起的，是重疊的簡化。現在的歌謠有又用韻又用別種重疊的，更可見出重疊的重要來。重疊爲了強調，也爲了記憶。顧頡剛先生說過：

對山歌因問作答，非復沓不可。……兒歌注重於說話的練習，事物的記憶與滑稽的趣味，所以也有復沓的需要。

（《論〈詩經〉所錄全為樂歌》上）

「復沓」就是重疊。說「對山歌因問作答，非復沓不可」，是說重疊由於合唱；當然，合唱不止於對山歌。這可說是爲了強調。說「兒童注重於說話的練習，事物的記憶……也有復沓的需要」，是爲了記憶；但是這也不限於兒歌。至於滑稽的趣味，似乎與重疊無關，繞口令或拗口令裡的滑稽的趣味，是從詞語的意義和聲音來的，不是從重疊來的。

現在舉幾首近代的歌謠爲例，意在欣賞，但是同時也在表示重疊的作用。美國何德蘭的《孺子歌圖》（收錄的以北平兒歌爲主）裡有一首《足五趾歌》：

這個小牛兒吃草。
這個小牛兒吃料。
這個小牛兒喝水兒。
這個小牛兒打滾兒。
這個小牛兒竟臥著，
我們打他。

這是一首遊戲歌，一面念，一面用手指點著，末了兒還打一下。這首歌的完整全靠重疊，沒有韻。將五個足趾當作五個「小牛兒」，末一個不做事，懶臥著，所以打他。這是變化。同書另一首歌：

玲瓏塔，
塔玲瓏，
玲瓏寶塔十三層。

這首歌主要的是「玲瓏」一個詞。前兩行是顛倒的重疊，後一行還是重疊前兩行，但是顛倒了「玲瓏」這個詞，又加上了「寶」和「十三層」兩個詞語，將句子伸長，其實還只是「玲瓏」的意思。這些都是變化。這首歌據說現在還在遊藝場裡唱著，可是編得很長很複雜了。

邱峻先生輯的《情歌唱答》裡有兩首對山歌，是客家話：

女唱：
一日唔見涯心肝，
唔見心肝心不安。
唔見心肝心肝脫，
一見心肝脫心肝。
男答：
閒來麼事想心肝，

緊想心肝緊不安。
我想心肝心肝想，
正是心肝想心肝。

兩首全篇各自重疊，又彼此重疊，強調的是「心肝」，就是情人。還有北京大學印的《歌謠紀念增刊》裡有劉達九先生記的四川的兩首對山歌，是兩個牧童在賽唱：

唱：

你的山歌沒得我的山歌多，
我的山歌兒籮篼。
籮篼底下幾個洞，
唱的沒得漏的多。

答：

你的山歌沒得我的山歌多，
我的山歌牛毛多。

唱了三年三個月，
還沒有唱完牛耳朵。

兩首的頭兩句各自重疊，又彼此重疊，各自誇各自的「山歌多」；比喻都是本地風光，活潑，新鮮，有趣味。重疊的方式多得很，這裡只算是「牛耳朵」罷了。

詩與話

胡適之先生說過宋詩的好處在「作詩如說話」，他開創白話詩，就是要更進一步地做到「作詩如說話」。這「作詩如說話」大概就是說，詩要明白如話。這一步胡先生自己是做到了，初期的白話詩人也多多少少地做到了。可是後來的白話詩越來越不像說話，到了受英美近代詩的影響的作品而達到極度。於是有朗誦詩運動，重新強調詩要明白如話，朗誦出來大家懂。不過胡先生說的「如說話」，只是看起來如此，朗誦詩也只是又進了一步做到朗誦起來像說話，都還不像日常嘴裡說的話。陸志韋先生卻要詩說出來像日常嘴裡說的話。他的《再談談白話詩的用韻》（見燕京大學新詩社主編的《創世曲》）的末尾說：

> 我最希望的，寫白話詩的人先說白話，寫白話，研究白話。寫的是不是詩倒還在其次。

這篇文章開頭就提到他的《雜樣的五拍詩》，那發表在《文學雜誌》二卷四期裡，是用北平話寫出的。要像日常嘴裡說的話，自然非用一種方言不可。陸先生選了北平話，是因爲趙元任先生說過「北平話的重音的配備最像英文不過」，而「五拍詩」也就是「無韻體」，陸先生是「要模仿莎士比亞的神韻」。

陸先生是最早的系統地試驗白話詩的音節的詩人，試驗的結果有本詩叫作《渡河》，出版在一九二三年。記得那時他已經在試驗無韻體了。以後有意地試驗種種西洋詩體的，要數徐志摩和卞之琳兩位先生。這裡要特別提出徐先生，他用北平話寫了好些無韻體的詩，大概真的在模仿莎士比亞，在筆者看來是相當成功的，又用北平話寫了好些別的詩，也夠味兒。他的散文也在參用著北平話。他是浙江硤石人，集子裡有硤石方言的詩，夠地道的。他筆底下的北平話也許沒有本鄉話道地，不過活潑自然，而不難懂。他的北平話大概像陸先生在《用韻》那篇文裡說的，「是跟老百姓學」的，可是學的只是說話的腔調，他說的多半還是知識分子自己的話。陸先生的五拍詩裡的北平話，更看得出「是跟老百姓學」的，因為用的老百姓的詞彙更多，更地道了。可是他說的更只是自己的話。他的五拍詩限定六行，與無韻體究竟不一樣。這「是用國語寫的」「得用國語來念」，陸先生並且「把重音圈出來」，指示讀者該怎樣念。這一點也許算得是在「模仿莎士比亞」的無韻體罷。可是這二十三首詩，每首像一個七巧圖，明明是英美近代詩的作風，說是模仿近代詩的神韻，也許更確切些。

近代詩的七巧圖，在作者固然費心思，讀者更得費心思，所以「晦澀」是免不了的。陸先生這些詩雖然用著老百姓的北平話的腔調，甚至有些詞彙也是老百姓的，可並不能夠明白如話，更不像日常嘴裡說的話。他在《用韻》那篇文裡說「發咒以後不再寫那樣的詩」「因爲太難寫」，在《雜樣的五拍詩》的引言裡又說「有幾首意義晦澀」，於是他「加上一點註解」。這些都是老實話。但是註解究竟不是辦法。他又說「經驗隔斷，那能引起共鳴」，這是晦澀的眞正原因。他又在《用韻》裡說：

中國的所謂新人物，依然是老脾氣。那怕連《千家詩》《唐詩三百首》都沒有見過的人，一說起這東西是「詩」，就得哼哼。一哼就把真正的白話詩哼毀了。

「眞正的白話詩」是要「念」或說的。我們知道陸先生是最早的系統地試驗白話詩的音節的詩人，又是音樂鑒賞家，又是音韻學家，他特別強調那「念」的「眞正的白話詩」，是可以了解的；就因爲這些條件，他的二十三首五拍詩，的確創造了一種「眞正的白話詩」。可是他說「不會寫大衆詩」「經驗隔斷，那能引起共鳴」，也是眞的。

用老百姓說話的腔調來寫作，要輕鬆不難，要活潑自然也不太難，要沉著卻難；加上老百姓的詞彙，要沉著更難。陸先生的五拍詩能夠達到沉著的地步，的確算得是奇作。筆者自己很愛念這些詩，已經念過好幾遍，還樂意念下去，念起來眞夠味。筆者多多少少分有陸先生的經驗，雖然不敢說完全懂得這些詩，卻能夠從那自然而沉著的腔調裡感到親切。這些詩所說的，在筆者看來，可以說是愛自由的知識分子的悲哀。我們且來念念這些詩。開宗明義是這一首：

是一件百家衣，矮窗上的紙
葦子稈上稀稀拉拉的雪◎
松香琥珀的燈光為什麼淒涼？
幾千年，幾萬年，隔這一層薄紙
天氣溫和點，還有人認識我
父母生我在沒落的書香門第。

有一條註解：

一輩子沒有種過地，也沒有收過租，只挨著人家碗邊上吃這一口飯。我小的時候，鄉下人吃白米，豆腐，青菜，養幾隻豬，一大窩雞。現在吃糠，享四大皆空自由。老覺得這口飯是賒來吃的。

詩裡的「百家衣」，就是「這口飯是賒來吃的」。紙糊在「葦子稈子」上，矮矮的窗，雪落在窗上，屋裡是黃黃的油燈光。讀書人爲什麼這樣「淒涼」呢？他老在屋裡跟街上人和鄉下人隔著，出來了，人家也還看待他是特殊的一類人。他孤單，他寂寞，他是在命定地「沒落」了。這夠多「淒涼」呢！

但是他並非忘懷那些比自己苦的人。請念第十九首：

在鄉下，我們把肚子貼在地上
糊塗的天就壓在我們的背上
老呱說：「天你怎麼那麼高呀？」
抬頭一看，他果然比樹還高
樹上有山頭，山頭上還有樹
老天爺，多給點兒好吃吃的吧。

這一首沒有註解，確也比較好懂。「肚子貼在地上」是餓癟了，「天高皇帝遠」，誰來管你！但是還只有求告「老天爺」多給點兒吃的！——北平話似乎不說「好吃吃的」「好吃的」

也跟「吃的」不同。讀書人，知識分子，也想到改革上，這是第三首：

明天到那兒？大路的盡頭在那兒？
這一排楊樹，空心的，腆著肚子，
揚起破爛的衣袖，把路遮斷啦
紙燈兒搖擺，小驢兒，咦，拐彎啦。
黑蒙蒙的踏著癩蛤蟆求婚的拍子
走到岔路上，大車呢，許是往西啦。

註解是：

十年前，盧溝橋還沒有聽到槍聲，我彷彿已經想到現在的局面。在民族求生存的途徑上，我寧願像老驥趕大車，不開坦克車。

詩裡「明天」和「大路」自然就是「民族求生存的途徑」，「把路遮斷」的「一排楊樹」大概是在阻礙著改革的那些傢伙罷。

「紙燈兒」，黑暗裡一點光明；「小驢兒」拐彎抹角地慢慢地走著夜路，「癩蛤蟆想吃天鵝肉」「知其不可而爲之」大概會跟著「大車」的「往西」的，「往西」就是西化。「往西」是西化，得看註解才想得到，單靠詩裡的那個「西」字的暗示是不夠的。這首詩似乎只說到個人的自由的努力；但是詩裡念不出那「寧願」的味兒。個人的自由的努力的最高峰是「創造」。第六首的後三行是：

> 腳底下的地要跳；像水煮開啦
> 魚剛出水，毒龍剛醒來抖擻
> 活火的刀山上跳舞，我要創造。

註解裡引易卜生的話，「在美裡死」。陸先生慨嘆著「書香門第」的自己，慨嘆著「鄉下」的人，譏刺著「幫閒的」，憐惜著「孩子」，終於強調個人的「創造」，這是「明天」的「大路」。這條「路」也許就是將「大衆」的和他「經驗隔斷」的罷？

《雜樣的五拍詩》正是「創造」，「創造」了一種「眞正的白話詩」。照陸先生自己聲明的而論，他是成功了的。但是在一般的讀者，這些詩恐怕是晦澀難懂的多；即使看了註解，恐怕還是不成罷。「難寫」，不錯，這比別的近代作風的詩更難，因爲要巧妙地運用老百姓的腔調。但是麻煩的還在難懂。當然這些詩可以訴諸少數人，可是「跟老百姓學」而只訴諸少數人，似乎又是矛盾。這裡「經驗隔斷」說明了一切。現在是有了不容忽視的「大眾」，「大眾」的經驗跟個人的是兩樣。什麼是「大眾詩」，我們雖然還不知道，但是似乎已經在試驗中、在創造中。大概還是得「作詩如說話」，就是明白如話。不過倒不必像一種方言，因爲方言的詞彙和調子實在不夠用；明白知話的「話」該比嘴裡說得豐富些，而且該不斷地富起來。這就是已經在「大眾」裡成長的「活的語言」；比起這種話來，方言就顯得呆板了。至於陸先生在《用韻》那篇文裡說的輕重音，韻的通押，押韻形式，句尾韻等，是還值得大家參考運用的。

解詩

今年上半年，有好些位先生討論詩的傳達問題。有些說詩應該明白清楚；有些說，詩有時候不能也不必像散文一樣明白清楚。關於這問題，朱孟實先生《心理上個別的差異與詩的欣賞》（一九三六年十一月一日《大公報．文藝》）確是持平之論。但我所注意的是他們舉過的傳達的例子。詩的傳達，和比喻及組織關係甚大。詩人的譬喻要新創，至少變故為新，組織也總要新、要變。因此就覺得不習慣，難懂了。其實大部分的詩，細心看幾遍，也便可明白的。

譬如靈雨先生在《自由評論》十六期所舉林徽因女士《別丟掉》一詩（原詩見一九三六年三月十五日天津《大公報》）：

別丟掉
這一把過往的熱情，
現在流水似的，
輕輕

在幽冷的山泉底，
在黑夜，在松林，
嘆息似的渺茫，
你仍要保存著那真！
一樣是月明，
一樣是隔山燈火，
滿天的星，
只有人不見，
夢似的掛起，
你問黑夜要回
那一句話——
你仍得相信
山谷中留著
有那回音！

這是一首理想的愛情詩，托爲當事人的一方向另一方的說話；說你「別丟掉」「過往的熱情」，那熱情「現在」雖然「渺茫」了，可是「你仍要保存著那眞」。三行至七行是一個顯喻，以「流水」的「輕輕」「嘆息」比「熱情」的「渺茫」；但詩裡「渺茫」似乎是形容詞。下文說「月明」（明月），「隔山燈火」「滿天的星」和往日兩人同在時還是「一樣」，只是你卻不在了，這「月」，這些「燈火」，這些「星」，只「夢似的掛起」而已。你當時說過「我愛你」這一句話，雖沒第三人聽見，卻有「黑夜」聽見；你想「要回那一句話」，你可以「問黑夜要回那一句話」。但是「黑夜」肯了，「山谷中留著有那回音」，你的話還是要不回的。總而言之，我還戀著你。「黑夜」可以聽話，是一個隱喻。第一二行和第八行本來是一句話的兩種說法，只因「流水」那個長比喻，又帶著轉了個彎兒，便容易把讀者繞住了。「夢似的掛起」本來指明月燈火和星，卻插了「只有人不見」一語，也容易教讀者看錯了主詞。但這一點技巧的運用，作者是應該有權利的。

邵洵美先生在《人言週刊》三卷二號裡舉過的《距離的組織》一首詩，最可見出上文說的經濟的組織方法。這是卞之琳先生《魚目集》中的一篇。《魚目集》裡有幾篇詩的確難懂，像《圓寶盒》，曾經劉西渭先生和卞先生往復討論，我大膽說，那首詩表現的怕不充分。至於《距離的組織》，卻想試爲解說，因爲這實在是個合適的例子。

想獨上高樓讀一遍「羅馬興亡史」，

忽有羅馬滅亡星出現在報上。
報紙落，地圖開，因想起遠人的囑咐。
寄來的風景也暮色蒼茫了。
（醒來天欲暮，無聊，一訪友人罷。）
灰色的天，灰色的海，灰色的路。
哪兒了？我又不會向燈下驗一把土。
忽聽得一千重門外有自己的名字。
好累呵！我的盆舟沒有人戲弄嗎？
友人帶來了雪意和五點鐘。

這詩所敘的事只是午夢。平常想著中國情形有點像羅馬衰亡的時候，一般人都醉生夢死的；看報，報上記著羅馬滅亡時的星，星光現在才傳到地球上（原有注）。睡著了，報紙落在地下，夢中好像在打開「遠」方的羅馬地圖來看，忽然想起「遠」方（外國）友人來了，想起他的信來了。他的信附寄著風景片，是「灰色的天，灰色的海，灰色的路」的暮色圖；這時候自己模模糊糊地好像就在那「灰色的天，灰色的海，灰色的路」裡走著。天黑了，不知到了哪兒，卻又沒有《大公報》所記王同春的本事，只消抓一把土向燈一瞧就知道什麼地方（原有

注）。忽然聽見有人叫自己名字，由遠而近，這一來可醒了。好累呵，卻不覺得是夢，好像自己施展了法術，在短時間渡了大海來著；這就想起了《聊齋志異》裡記白蓮教徒的事，那人出門時將草舟放在水盆裡，門人戲弄了一下，他回來就責備門人，說過海時翻了船（原有注）。這裡說：太累了，別是過海時費力駛船之故罷。等醒定了，才知道有朋友來訪。這朋友也午睡來著，「醒來天欲暮，無聊，一訪友人罷」。這就來訪問了。來了就叫自己的名字，叫醒了自己。「醒來天欲暮」一行在括弧裡表明是另一人，也就是末行那「友人」。插在第四六兩行間，見出自己直睡到「天欲暮」，而風景片中也正好像「欲暮」的「天」，這樣夢與眞實便融成一片；再說這一行是就醒了的緣由，插在此處，所謂蛛絲馬跡。醒時是五點鐘，要下雪似的，還是和夢中景色，也就是遠人寄來的風景片一樣。這篇詩是零亂的詩境，可又是一個複雜的有機體，將時間空間的遠距離用聯想組織在短短的午夢和小小的篇幅裡。這是一種解放，一種自由，同時又是一種情思的操練，是藝術給我們的。

詩與感覺

詩也許比別的文藝形式更依靠想像；所謂遠，所謂深，所謂近，所謂妙，都是就想像的範圍和程度而言。想像的素材是感覺，怎樣玲瓏縹緲的空中樓閣都建築在感覺上。感覺人人有，可是或敏銳，或遲鈍，因而有精粗之別。而各個感覺間交互錯綜的關係，千變萬化，不容易把捉，這些往往是稍縱即逝的。偶爾把捉著了，要將這些組織起來，成功一種可以給人看的樣式，又得有一番功夫，一副本領。這裡所謂可以給人看的樣式便是詩。

從這個立場看新詩，初期的作者似乎只在大自然和人生的悲劇裡去尋找詩的感覺。大自然和人生的悲劇是詩的豐富的泉源，而且一向如此，傳統如此。這些是無盡藏，只要眼明手快，隨時可以得到新東西。但是花和光固然是詩，花和光以外也還有詩，那陰暗、潮濕，甚至霉腐的角落兒上，正有著許多未發現的詩。實際的愛固然是詩，假設的愛也是詩。山水田野裡固然有詩，燈紅酒釅裡固然有詩，任一些顏色、一些聲音、一些香氣、一些味覺、一些觸覺，也都可以有詩。驚心怵目的生活裡固然有詩，平淡的日常生活裡也有詩。發現這些未發現的詩，第一步得靠敏銳的感覺，詩人的觸角得穿透熟悉的表面向未經人到的底裡去。那兒有的是新鮮的東西。聞一多、徐志摩、李金髮、姚蓬子、馮乃超、戴望舒各位先生都曾分別向這方面努力。而卞之琳、馮至兩位先生更專向這方面發展；他們走得更遠些。

假如我們說馮先生是在平淡的日常生活裡發現了詩，我們可以說卞先生是在微細的瑣屑的事物裡發現了詩。他的《十年詩草》裡處處都是例子，但這裡只能舉一兩首：

淘氣的孩子，有辦法：
叫游魚嚙你的素足，
叫黃鸝啄你的指甲，
野薔薇牽你的衣角……
白蝴蝶最懂色香味，
尋訪你午睡的口脂
我窺候你渴飲泉水，
取笑你吻了你自己。
我這八陣圖好不好？
你笑笑，可有點不妙，
我知道你還有花樣！

哈哈！到底算誰勝利？
你在我對面的牆上
寫下了「我真是淘氣」。

（《淘氣》）

這是十四行詩。三四段裡活潑的調子。這變換了一般十四行詩的嚴肅，卻有它的新鮮處。這是情詩，蘊藏在「淘氣」這件微瑣的事裡。游魚的嚙，黃鸝的啄，野薔薇的牽，白蝴蝶的尋訪，「你吻了你自己」，便是所謂「八陣圖」；而游魚、黃鵬、野薔薇、白蝴蝶都是「我」「叫」它們去做這樣那樣的，「你吻了你自己」，也是「我」在「窺候」著的，「我這八陣圖」便是治「淘氣的孩子」——「你」——的「辦法」了。那「嚙」、那「啄」、那「牽」、那「尋訪」，甚至於那「吻」，都是那「我」有意安排的，那「我」其實在分享著這些感覺。陶淵明《閒情賦》裡道：

願在絲而為履，附素足以周旋；
悲行止之有節，空委棄於床前。
願在晝而為影，常依形而西東；
悲高樹之多陰，慨有時而不同。

感覺也夠敏銳的。那親近的願心其實跟本詩一樣，不過一個來得迫切，一個來得從容罷了。「你吻了你自己」也就是「你的影子吻了你」；游魚、黃鶯、野薔薇、白蝴蝶也都是那「你」的影子。憑著從游魚等得到的感覺去想像「你」；或從「你」得到的感覺叫「我」想像游魚等；而「我」又「叫」游魚等去做這個那個，「我」便也分享這個那個。這已經是高度的交互錯綜，而「我」還分享著「淘氣」。「你」「寫下了」「我眞是淘氣」，是「你」「眞是淘氣」，可是「我對面」讀這句話，便成了「『我』眞是淘氣」。那治「淘氣的孩子」——「你」——的「八陣圖」，到底也治了「我」自己。「到底算誰勝利？」瞧「我」爲了「你」這麼顚顚倒倒的！這一個回環復沓不是鐘擺似的來往，而是螺旋似的鑽進人心裡。《白螺殼》詩（《裝飾集》）裡的「你」「我」也是交互錯綜的一例。

空靈的白螺殼，你，
孔眼裡不留纖塵，
漏到了我的手裡，
卻有一千種感情：
掌心裡波濤洶湧，
我感嘆你的神工，

你的慧心啊，大海，
你細到可以穿珠！
可是我也禁不住：
你這個潔癖啊，唉！

（第一段）

玲瓏，白螺殼，我？
大海送我到海灘，
萬一落到人掌握，
願得原始人喜歡，
換一隻山羊還差
三十分之二十八；
倒是值一隻蟠桃。
怕給多思者撿起，
空靈的白螺殼，你
捲起了我的愁潮！

（第三段）

這是理想的人生（愛情也在其中），蘊藏在一個微瑣的白螺殼裡。「空靈的白螺殼」「卻有一千種感情」，象徵著那理想的人生——「你」。「你的神工」「你的慧心」的「你」是「大海」，「你細到可以穿珠」的「你」又是「慧心」；而這些又同時就是那「你」。「我」？「大海送我到海灘」的「我」，是代白螺殼自稱，還是那「你」？最願老是在海灘上；「萬一落到人掌握」，也只「願得原始人喜歡」，因爲自己一點用處沒有——換山羊不成，「值一隻蟠桃」，只是說一點用處沒有。原始人有那股勁兒，不讓現實糾纏著，所以不在乎這個。只「怕給多思者撿起」，怕落到那「我的手裡」。可是那「多思者」的「我」「撿起」來了，於是乎只有嘆息：「你捲起了我的愁潮！」「愁潮」是現實和理想的衝突；而「潮」原是屬於「大海」的。

請看這一湖煙雨
水一樣把我浸透，
像浸透一片鳥羽。
我彷彿一所小樓
風穿過，柳絮穿過，
燕子穿過像穿梭，
樓中也許有珍本，

書葉給銀魚穿織
從愛字通到哀字——
出脫空華不就成！

（第二段）

我夢見你的闌珊：
檐溜滴穿的石階，
繩子鋸缺的井欄……
時間磨透於忍耐！
黃色還諸小雞雛，
青色還諸小碧梧，
玫瑰色還諸玫瑰，
可是你回顧道旁，
柔嫩的薔薇刺上
還掛著你的宿淚。

（第四段完）

從「波濤洶湧」的「大海」想到「一湖煙雨」，太容易「浸透」的是那「一片鳥羽」。從「一湖煙雨」想到「一所小樓」，從「穿珠」想到「風穿過，柳絮穿過，燕子穿過像穿梭」，以及「書葉給銀魚穿織」；而「珍本」又是從藏書樓想到的。「從愛字通到哀字」「一片鳥羽」也罷，「一所小樓」也罷，「樓中也許有」的「珍本」也罷，「出脫空華（花）」，一場春夢！雖然「時間磨透於忍耐」，還只「夢見你的闌珊」。於是「黃色還諸小雞雛……」，「你」是「你」，現實是現實，一切還是一切。可是「柔嫩的薔薇刺上」帶著宿雨，那是「你的宿淚」。「你」「有一千種感情」，只落得一副眼淚；這又有什麼用呢？那「宿淚」終於會乾枯的。這首詩和前一首都不顯示從感覺生想像的痕跡，看去只是想像中一些感覺，安排成功複雜的樣式。——「黃色還諸小雞雛」等三行可以和馮至先生的對照著看，很有意思。

銅爐在嚮往深山的礦苗，
瓷壺在嚮往江邊的陶泥，
它們都像風雨中的飛鳥
各自東西。

（《十四行集》，二一）

《白螺殼》詩共四段，每段十行，每行一個單音節，三個雙音節，共四個音節。這和前一首都是所謂「勻稱」「均齊」的形式。卞先生是最努力創造並輸入詩的形式的人，《十年詩草》裡存著的自由詩很少，大部分是種種形式的試驗，他的試驗可以說是成功的。他的自由詩也寫得緊湊，不太參差，也見出感覺的敏銳來，《距離的組織》便是一例。他的《三秋草》裡還有一首《過路居》，描寫北平一間人力車夫的茶館，也是自由詩，那些短而精悍的詩行由會話組成，見出平淡的生活裡蘊藏著的悲喜劇。那是近乎人道主義的詩。

詩與哲理

新詩的初期，說理是主調之一。新詩的開創人胡適之先生就提倡以詩說理，《嘗試集》裡說理詩似乎不少。俞平伯先生也愛在詩裡說理；胡先生評他的詩，說他想兼差作哲學家。郭沫若先生歌頌大愛，歌頌「動的精神」，也帶哲學的意味；不過他的強烈的情感能夠將理融化在他的筆下，是他的獨到處。那時似乎只有康白情先生是個比較純粹的抒情詩人。一般青年以詩說理的也不少，大概不出胡先生和郭先生的形式。

那時是個解放的時代。解放從思想起頭，人人對於一切傳統都有意見，都愛議論，作文如此，作詩也如此。他們關心人生，大自然，以及被損害的人。關心人生，便闡發自我的價值；關心大自然，便闡發泛神論；關心被損害的人，便闡發人道主義。泛神論似乎只見於詩；別的兩項，詩文是一致的。但是文的表現是抽象的，詩的表現似乎應該和文不一樣。胡先生指出詩應該是具體的。他在《談新詩》裡舉了些例子，說只是抽象的議論，是文不是詩。當時在詩裡發議論的確是不少，差不多成了風氣。胡先生所提倡的「具體的寫法」固然指出一條好路。可是他的詩裡所用具體的譬喻似乎太明白，譬喻和理分成兩截，不能打成一片；因此，缺乏暗示的力量，看起來好像是爲了那理硬找一套譬喻配上去似的。別的作者也多不免如此。

一九二五年以來，詩才專向抒情方面發展。那裡面「理想的愛情」的主題，在中國詩實在是個新的創造；可是對於一般讀者不免生疏些。一般讀者容易了解經驗的愛情；理想的愛情要沉思，不耐沉思的人不免隔一層。後來詩又在感覺方面發展，以敏銳的感覺爲抒情的骨子，一般讀者只在常識裡兜圈子，更不免有霧裡看花之憾。抗戰以後的詩又回到議論和具體的譬喻，也不是沒有理由的。當然，這時代詩裡的議論比較精切，譬喻也比較渾融，比較二十年前進步了；不過趨勢還是大體相同的。

另一方面，也有從敏銳的感覺出發，在日常的境界裡體味出精微的哲理的詩人。在日常的境界裡體味哲理，比從大自然體味哲理更進一步。因爲日常的境界太爲人們所熟悉了，也太瑣屑了，它們的意義容易被忽略過去；只有具著敏銳的手眼的詩人才能捉得住這些。這種體味和大自然的體味並無優劣之分，但確乎是進了一步，我心裡想著的是馮至先生的《十四行集》，這是馮先生去年一年中的詩，全用十四行體，就是商籟體寫成。十四行是外國詩體，從前總覺得這詩體太嚴密，恐怕不適於中國語言。但近年讀了些十四行，覺得似乎已經漸漸圓熟；這詩體還是值得嘗試的。馮先生的集子裡生硬的詩行便很少；但更引起我注意的還是他詩裡耐人沉思的理，和情景融成一片的理。

這裡舉兩首作例。

（一八）

我們常常度過一個親密的夜
在一間生疏的房裡，它白晝時
是什麼模樣，我們都無從認識，
更不必說它的過去未來。原野
一望無邊地在我們窗外展開，
我們只依稀地記得在黃昏時
來的道路，便算是對它的認識，
明天走後，我們也不再回來。
閉上眼罷！讓那些親密的夜
和生疏的地方織在我們心裡：
我們的生命像那窗外的原野，
我們在朦朧的原野上認出來
一棵樹，一閃湖光；它一望無際
藏著忘卻的過去，隱約的將來。

旅店的一夜是平常的境界。可是親密的，生疏的，「織在我們心裡」。房間有它的過去未來，我們不知道。「來的道路」是過去，只記得一點兒；「明天走」是未來，又能知道多少？我們的生命像那「一望無邊的」「朦朧的」原野，「忘卻的過去」「隱約的將來」，誰能「認識」得清楚呢？——但人生的值得玩味，也就在這裡。

我們聽著狂風裡的暴雨
我們在燈光下這樣孤單，
我們在這小小的茅屋裡
就是和我們用具的中間
也生了千里萬里的距離；
銅爐在嚮往深山的礦苗，
瓷壺在嚮往江邊的陶泥，
它們都像風雨中的飛鳥
各自東西。我們緊緊抱住，

好像自身也都不能自主，
狂風把一切都吹入高空
暴雨把一切又淋入泥土。
只剩下這點微弱的燈紅
在證實我們生命的暫住。

（二一）

茅屋裡風雨的晚上也只是平常的境界。可是自然的狂暴映襯出人們的孤單和微弱；極平常的用具銅爐和瓷壺，也都「嚮往」它們的老家，「像風雨中的飛鳥，各自東西」。這樣「孤單」，卻是由敏銳的感覺體味出來的，得從沉思裡去領略——不然，恐怕只會覺得怪誕罷。聞一多先生說我們的新詩好像盡是些青年，也得有一些中年才好。

馮先生這一集大概可以算是中年了。

詩與幽默

舊詩裡一向不缺少幽默。南宋黃徹《䂬溪詩話》云：

子建稱孔北海文章多雜以嘲戲；子美亦「戲效俳諧體」，退之亦有「寄詩雜詼俳」，不獨文舉為然。自東方生而下，稱處士、張長史、顏延年輩往往多滑稽語。大體材力豪邁有餘而用之不盡；自然如此……《坡集》類此不可勝數。《寄蘄簟與蒲傳正》云：「東坡病叟長羈旅，凍臥飢吟似飢鼠。倚賴東風洗破衾，一夜雪寒披故絮。」《黃州》云：「自慚無補絲毫事，尚費官家壓酒囊。」《將之湖州》云：「吳兒膾縷薄欲飛，未去先說饞涎垂。」又，「尋花不論命，愛雪長忍凍。天公非不憐，聽飽即喧哄。」……皆斡旋其章而弄之，信恢刃有餘，與血指汗顏者異矣。

這裡所謂滑稽語就是幽默。近來讀到張駿祥先生《喜劇的導演》一文（《學術季刊》文哲號），其中論幽默很簡明：「幽默既須理智，亦須情感。幽默對於所笑的人，不是絕對的無情；反之，如西萬提斯之於唐・吉訶「德先生」，實在含有無限的同情。因爲說到底，幽默所笑的不是第三者，而是我們自己。……幽默是溫和的好意的笑。」黃徹舉的東坡詩句，都在嘲弄自己，正是幽默的例子。

新文學的小說、散文、戲劇各項作品裡也不缺少幽默，不論是會話體與否；會話體也許更便於幽默些。只詩裡幽默卻不多。我想這大概有兩個緣由。一是一般將詩看得太嚴重了，不敢幽默，怕褻瀆了詩的女神。二是小說、散文、戲劇的語言雖然需要創造，卻還有些舊白話文，多少可以憑借；只有詩的語言得整個兒從頭創造起來。詩作者的才力集中在這上頭，也就不容易有餘暇創造幽默。這一層只要詩的新語言的傳統建立起來，自然會改變的。新詩已經有了二十多年的歷史，看現在的作品，這個傳統建立的時間大概快到來了。至於第一層，將詩看得那麼嚴重，倒將它看窄了。詩只是人生的一種表現和批評；同時也是一種語言，不過是精神的語言。人生裡短不了幽默，語言裡短不了幽默，詩裡也該不短幽默，才是自然之理。黃徹指出的情形，正是詩的自然現象。

新詩裡純粹的幽默的例子，我只能舉出聞一多先生的《聞一多先生的書桌》一首：

忽然一切的靜物都講話了，
忽然書桌上怨聲騰沸：

墨盒呻吟道「我渴得要死！」
字典喊雨水漬濕了他的背；
信箋忙叫道彎痛了他的腰；
鋼筆說煙灰閉塞了他的嘴，
毛筆講火柴燃禿了他的須，
鉛筆抱怨牙刷壓了他的腿；

香爐咕嘍著「這些野蠻的書
早晚定規要把你擠倒了！」
大鋼表嘆息快睡鏽了骨頭；
「風來了！風來了！」稿紙都叫了；

筆洗說他分明是盛水的，
怎麼吃得慣臭辣的雪茄灰；
桌子怨一年洗不上兩回澡，
墨水壺說「我兩天給你洗一回」。

「什麼主人？誰是我們的主人？」
一切的靜物都同聲罵道。
「生活若果是這般的狼狽，
倒還不如沒有生活的好！」

主人咬著煙斗迷迷的笑，
「一切的眾生應該各安其位。
我何曾有意的糟蹋你們，
秩序不在我的能力之內。」

（《死水》）

這裡將靜物擬人，而且使書桌上的這些靜物「都講話」：有的是直接的話，有的是間接的話，互相映襯著。這夠熱鬧的。而不止一次的矛盾的對照更能引人笑。墨盒「渴得要死」，字典卻讓雨水濕了背；筆洗不盛水，偏吃雪茄灰；桌子怨「一年洗不上兩回澡」，墨水壺卻偏說兩天就給他洗一回。「書桌上怨聲騰沸」，「一切的靜物都同聲罵」，主人卻偏「迷迷的笑」；

他說「一切的衆生應該各安其位」，可又縮回去說「秩序不在我的能力之內」，這些都是矛盾的存在，而最後一個矛盾更是全詩的極峰。熱鬧，好笑，主人嘲弄自己，是的；可是「一切的衆生應該各安其位」，見出他的抱負，他的身份——他不是一個小丑。

俞平伯先生的《憶》，都是追憶兒時心理的詩。虧他居然能和成年的自己隔離，回到兒時去。這裡面有好些幽默。我選出兩首：

（第一）

有了兩個橘子，
一個是我底，
一個是我姊姊底。
把有麻子的給了我，
把光臉的她自有了。
「弟弟你底好，
繡花的呢。」
真不錯！
好橘子，我吃了你罷。
真正是個好橘子啊！

亮汪汪的兩根燈草的油盞，
攤開一本《禮記》，
且當它山歌般的唱。
乍聽間壁又是說又是笑的，
「她來了罷？」
《禮記》中盡是些她了。
「娘，我書已讀熟了。」

（第二十二）

這裡也是矛盾的和諧。第一首中「有麻子的」卻變成「繡花的」；「繡花的」的「好」是看的「好」，「好橘子」和「好橘子」的「好」卻是可吃的「好」和吃了的「好」，次一首中《禮記》卻「當它山歌般唱」，而且後來「《禮記》中盡是些她了」；「當它山歌般唱」，卻說「娘，我書已讀熟了」。笑就蘊藏在這些別人的、自己的、別人和自己的矛盾裡。但兒童自己覺得這些只是自然而然，矛盾是從成人的眼中看出的。所以更重要的，笑是蘊藏在兒童和成人的矛盾裡。這種幽默是將兒童（兒時的自己和別的兒童）當作笑的對象，跟一般的幽默不一樣；但不失爲健康的。《憶》裡的詩都用簡短的口語，兒童的話原是如此；成人卻更容易從這種口語裡找出幽默來。

用口語或會話寫成的幽默的詩，還可舉出趙元任先生賀胡適之先生四十生日的一首：

適之說不要過生日，
生日偏又到了。
我們一般愛起哄的，
又來跟你鬧了。
今年你有四十歲了都，
我們有的要叫你老前輩了都：
天天聽見你提倡這樣，提倡那樣，
覺得你真有點兒對了都！
你是提倡物質文明的咯，
所以我們就來吃你的麵；
你是提倡整理國故的咯，
所以我們都進了研究院；

你是提倡白話詩人的咯，
所以我們就囉囉唆唆寫上了一大片。

我們且別說帶笑帶吵的話，
我們且別說胡鬧胡搞的話，
我們並不會說很巧妙的話，
我們更不會說「倚少賣老」的話；
但說些祝頌你們健康的話——
就是送給你們一家子大大小小的話。

（《北平晨報》，一九三〇年十二月十八日）

全詩用的是純粹的會話；像「都」字（讀音像「兜」字）的三行只在會話裡有（「今年你有四十歲了都」就是「今年你都有四十歲了」，餘類推）。頭二段是仿胡先生的「了」字韻；頭兩行又是仿胡先生的那兩行詩。

我本不要兒子

兒子自來了。

三四段的「多字韻」（胡先生稱爲「長腳韻」）也可以說是「了」字韻的引申。因爲後者是前者的一例。全詩的遊戲味也許重些，但說的都是正經話，不至於成爲過分誇張的打油詩。胡先生在《嘗試集》自序裡引過他自己的白話遊戲詩，說「雖是遊戲詩，也有幾段莊重的議論」；趙先生的詩，雖帶遊戲味，意思卻很莊重，所以不是遊戲詩。

趙先生是長於滑稽的人，他的《國語留聲機片課本》《國音新詩韻》，還有翻譯的《阿麗斯漫遊奇境記》，都可以見出。張駿祥先生文中說滑稽可分爲有意的和無意的兩類，幽默屬於前者。趙先生似乎更長於後者，《奇境記》真不愧爲「魂譯」（丁西林先生評語，見《現代評論》），記得《新詩韻》裡有一個「多字韻」的例子：

你看見十個和尚沒有？
他們坐在破鑼上沒有？

無意義，卻不缺少趣味。無意的滑稽也是人生的一面，語言的一端，歌謠裡最多，特別是兒歌裡。——歌謠裡幽默卻很少，有的是詼諧和諷刺。這兩項也屬於有意的滑稽。張先生文中說我們通常所謂話說得俏皮，大概就指詼諧。「詼諧是個無情的東西」，「多半傷人：因爲詼諧所引起的笑，其對象不是說者而是第三者」。諷刺是「冷酷，毫不留情面」，「不只撻伐個人，有時也攻擊社會」。我們很容易想起許多嘲笑殘廢的歌謠和「娶了媳婦忘了娘」一類的歌謠，這便是歌謠裡詼諧和諷刺多的證據。

朗讀與詩

詩與文都出於口語；而且無論如何複雜，原都本於口語，所以都是一種語言。語言不能離開聲調，詩文是爲了讀而存在的，有朗讀，有默讀；所謂「看書」其實就是默讀，和看畫看風景並不一樣。但詩跟文又不同。詩出於歌，歌特別注重節奏：徒歌如此，樂歌更如此。詩原是「樂語」，古代詩和樂是分不開的，那時詩的生命在唱。不過詩究竟是語言，它不僅存在在唱裡還存在在讀裡。唱得延長語音，有時更不免變化語音；爲了幫助聽者了解，讀有時是必需的。有了文字記錄以後，談便更普遍了。《國語．楚語》記申叔時告訴上亹怎樣做太子的師傅，曾說「教之詩……以耀明其志」。教詩明志，想來是要讀的。《左傳》記載言語，引詩的很多，自然也是讀，不是唱。讀以外還有所謂「誦」。《墨子》裡記著儒家公孟子「誦《詩三百》」的話。《左傳》襄公十四年記衛獻公叫師曹「歌」《巧言》詩的末章給孫文子的使者孫蒯聽。那時文子在國境上，獻公叫「歌」這章詩，是罵他的，師曹和獻公有私怨，想激怒孫蒯，怕「歌」了他聽不清楚，便「誦」了一通。這「誦」是有節奏的。誦和讀都比「歌」容易了解些。

《周禮》大司樂「以樂語教國子：興、道、諷、誦、言、語」。鄭玄注：「以聲節之曰誦。」誦是有腔調的；這腔調是「樂語」的腔調，該是從歌脫化而出。《漢書．藝文志》引《傳》曰，「不歌而誦謂之賦」。而「賦者，古詩之流也」（班固《兩都賦》序）。這「誦」就是師曹誦《巧言》詩的「誦」和公孟子說的「誦《詩三百》」的「誦」，都是「樂語」的腔調。這跟言語引詩是不同的。言語引詩，隨說隨引，固然不會是唱，也不會是「誦」，只是讀，只是朗讀——本文所謂讀，兼指朗讀、默讀而言，朗讀該是口語的腔調。現在兒童的讀書腔，也許近乎古代的「誦」；而宣讀文告的腔調，本於口語，卻是朗讀，不是「誦」，戰國以來，《詩三百》和樂分了家，於是乎不能歌，不能誦，只能朗讀和默讀；四言詩於是乎只是存在著，不再是生活著。到了漢代，新的音樂又帶來了新的詩，樂府詩，漢末便成立了五言詩的體制。這以後詩又和樂分家。五言詩四言詩不一樣，分家後卻還發展著，生活著。它不但能生活在唱裡並且能生活在讀裡。詩從此獨立了；這是個大變化。

四言變爲五言，固然是跟著音樂發展，這也是語言本身在進展。因爲語言本身也在進展，所以詩終於可以脫離音樂而獨立，而只生活在讀裡。但是四言爲什麼停止進展呢？我想也許四言太呆板了，變化太少了，唱的時候有音樂幫襯，還不大覺得出：只讀而不唱，便漸漸覺出它的單調了。不過四言卻宜人文，東漢到六朝，四言差不多成了文的基本句式；後來又發展了六言，便成了所謂「四六」的體制。文句本多變化，又可多用虛助詞，四言人文，不但不板滯，倒覺得整齊些。這也是語言本身的一種進展。語言本身的進展，靠口說，也靠朗讀，而在言文分離像中國秦代以來的情形之下，詩文的進展靠朗讀更多——文尤其如此。五言詩脫離音樂獨立以後，句子的組織越來越凝練，詞語的表現也越來越細密，原因固然很多，朗讀是主要的一個。「讀」原是「抽繹意蘊」的意思。只有朗讀才能玩索每一詞每一語每一句的意蘊，同時吟味它們的節奏。默讀只是「玩索意蘊」的工作做得好。唱歌只是「吟味節奏」的工作做得好——卻往往讓意蘊滑了過去。

六朝時佛經「轉讀」盛行，影響詩文的朗讀很大。一面沈約等發現了四聲，於是乎朗讀轉變爲吟誦。到了唐代，四聲又歸納爲平仄，於是乎有律詩。這時候的文也越見鏗鏘入耳。這些多半是吟誦的作用。律詩和鏗鏘的駢文，我們可以稱爲諧調，也是語言本身的一種進展。就詩而論，這種進展是要使詩不經由音樂的途徑，而成爲另一種「樂語」，就是不唱而諧。目的是達到了，靠了吟誦這個外來的影響。但是這種進展究竟偏畸而不大自然，所以盛唐諸家所作，還是五七言古詩比五七言律詩多（據施子愉《唐代科舉制度與五言的關係》文中附表統計，文見《東方雜誌》四十卷八號），並且這些人作律詩，一面還是因爲考試規定用律詩的緣故。後來韓愈也少作律詩，他更主持古文運動，要廢駢用散，都是在求自然。那時古文運動已經開了風氣；律詩卻因可以悅耳娛目，又是應試必需，逐漸昌盛。晚唐人有「吟安一個字，撚斷數莖髭」「二句三年得，一吟雙淚流」等詩句，特別見得對五律用力之專。而這種氣力全用在「吟」上。律詩自然也可朗讀，但它的生命在「吟」，從杜甫起就有「新詩改罷自長吟」的話。到了宋代，古文替代了駢文，詩也跟著散文化。七古七律特別進展；七律有意用不諧平仄的句子，所謂「拗調」。這一切表示重讀而不重吟，回向口語的腔調。後世說宋詩以意為主，正是著重讀的表現。

這時候，新的音樂又帶來了一種新的詩體——詞。因為歌唱的緣故，重行嚴別四聲。但在宋亡以後詞又不能唱了，只生活在僅辨平仄的「吟」裡。後來有時連平仄也多少可以通融了。這又是朗讀的影響；詞也脫離音樂而獨立了。元代跟新音樂並起的新詩體又有曲，直到現在還能唱；四聲之外，更辨陰陽。因為未到朗讀階段，「看」起來總還不夠分量似的。曲以後的新詩體就是我們現代的「新詩」——白話詩。新詩不出於音樂，不起於民間，跟過去各種詩體全異。過去的詩體都發源於民間樂歌，這卻是外來的影響。因為不是根生土長，所以不容易讓一般人接受它。新文學運動已經二十六年，白話文一般人已經接受了，但是白話詩懷疑的人還是很多。不過從語言本身和詩本體的進展來看，這也是自然的趨勢。詩趨向脫離音樂獨立，趨向變化而近自然，如上文所論。過去每一詩體都依附音樂而起，然後脫離音樂而存。新詩不依附音樂而已活了二十六年，正所謂自力更生。一面在這二十六年裡屢次有人提倡新詩採取民歌（徒歌和樂歌）的形式，並有人實地試驗，特別在抗戰以後，但是效果絕不顯著。可見那種簡單的音樂已經不能配合我們現代人複雜的情思。現代是個散文的時代，即使是詩，也得調整自己，多少傾向散文化。而這又正是宋以來詩的主要傾向——求自然。再說六朝時外來的影響可以改變向來的傳統，終於形成了律詩，直活到民國初年，這回外來的影響還近乎自然些，又何可限量呢？新詩不要唱，不要吟；它的生命在朗讀，它得生活在朗讀裡，我們該從這裡努力，才可以加速它的進展。

過去的詩體都是在脫離音樂獨立之後才有長足的進展，就是四言詩也如此，像嵇康的四言詩，豈不是《三百篇》複雜而細密得多？五七言古近體的進展，我們看來更是顯著；「取材廣而命意新」（曹學佺《宋詩鈔》序中語）一句話扼要地指出這種進展的方向。詞的分量加重，也在清代常州詞派以後；曲沒有脫離音樂，進展就慢得多。這就是說，詩到了朗讀階段才能有獨立的自由的進展，但是新詩一產生就在朗讀階段裡，為什麼現在落在白話文後面老遠呢？一來詩的傳統力量比文的傳統大得多，特別在形式上。新詩起初得從破壞舊形式下手，直到一九二五年，新形式才漸漸建設起來，但一般人還是懷疑著。而當時詩的興味也已趕不上散文的興味濃厚。再說新詩既全然生活在朗讀裡而詩又比文更重聲調，若能有意地訓練朗讀，進展也可以快些；可是這種訓練直到抗戰以後才多起來。不過新詩由破壞形式而建設形式，現在已有相當成績，正見出朗讀的效用。

新詩的語言不是民間的語言，而是歐化的或現代化的語言。因此朗讀起來不容易順口順耳。固然白話文也有同樣情形，但是文的篇幅大，不順的地方容易掩藏，詩的篇幅小，和諧的朗讀更是困難。這種和諧的朗讀本非二三十年可以達成。律詩的孕育經過二百多年；我們的新詩是由舊的人工走向新自然，和律詩方向相反，當然不需那麼長的時期，但也只能移步換形，不能希望一蹴而就，有意的朗讀訓練該可以將期間縮短些，縮得怎樣短，得看怎樣努力。所謂順口順耳，就是現在一般人說的「上口」。「上口」的意義，嚴格地說，該是「口語裡有了的」；現在白話詩文中有好些句式和詞彙，特別是新詩中的隱喻，就是在受過中等教育的人的口語裡也還沒有，所以便不容易上口。

但照一般的用法，「不上口」好像只是拗口或不順口，這當然沒有明確的分野，不過若以受過現代中等教育的人爲標準，出入也許不至於太大。第一意義的「上口」太嚴格了，按這個意義，白話詩文能夠上口的恐怕不多；最重要的，這樣限制足以阻礙白話詩文的進展，同時足以阻礙口語的進展。白話詩文和口語該是交互影響著而進展的，所謂「國語的文學——文學的國語」。

第二意義的「上口」，該可用作朗讀的標準。這所謂「上口」，就是使我們不致歪曲我們一般的語調。如何算「歪曲」，還待分析的具體的研究，但從這些年的經驗裡我們也可以知道大略。例如長到二三十字的句，十餘字地讀，中間若無短的停頓，便不能上口；國語每十字間總要有個停頓才好。又如國語中常用被動句，現在固然不妨斟酌加一些，但不斟酌而濫用，便覺刺耳。口語和白話文裡不常用的譯名，不容易上口；詩裡最好不用，至少也須不多用——外國文更應該如此。他稱代詞「它」和「它們」，國語裡極少，也當細酌。文言夾在白話裡，不容易和諧；除非白話裡的確缺少那種表現，或者熟語新用，但總是避免的好。至於新詩裡的隱喻常是創造的，上口自然不易。

可是這種隱喻的發展也是詩的生長的主要成分，所謂「形象化」。

舊日各種詩體裡也有這個，不過也許沒有新詩裡多；而且，那些比較凝定的詩體可以掩藏新創的隱喻，使它得到平衡。所以我們得靠朗讀熟悉這種表現，讀慣了就可以上口了。其實除了一些句式，所謂不能上口的生硬的語匯，經過相當時間的流轉，也許入了口語，或由於朗讀，也會上口；這種「不上口」並不是絕對的——我們所謂朗讀，和宣讀文告的宣讀是一類，要見出每一詞語每一句子的分量。這跟說話不同；新詩能夠「說」的很少。

現時的詩朗誦運動，似乎用的是第一意義的「上口」的標準，並且用的是一般民衆的口語的標準。這固然不失爲詩的一體，但要將詩一概朗誦化就很難。文化的進展使我們朗讀不全靠耳朵，也兼靠眼睛。這增加了我們的能力。現在的白話詩有許多是讀出來不能讓人全聽懂的，特別是詩。新的詞彙、句式和隱喻，以及不熟練的朗讀技術，都可能是原因；但除了這些，還有些複雜精細的表現，原不是一聽就能懂的。這種詩文也有它們存在的理由。這種特別是詩，也還需要朗讀，但只是讀給自己聽，讀給幾個看著原詩的朋友聽；這種朗讀是爲了研究節奏與表現，自然也爲了欣賞、受用。誰都可以去朗讀並欣賞這種詩，只是這種詩不宜於大庭廣衆。

卞之琳先生的一些詩，馮至先生的一些十四行，就有這種情形。近來讀到鷗外鷗先生的一首詩，似乎也可作例。這首詩題爲《和平的礎石》，寫在香港，歌詠的是香港老總督的銅像。現在節抄如下：

金屬了的他
是否懷疑巍巍高聳在亞洲風雲下的
休戰紀念坊呢？
莫和平的礎石於此地嗎？
那樣想著而不瞑目的總督，
日夕踞坐在花崗石上永久的支著腮，
腮與指之間
生上了銅綠的苔蘚了——
……
手永遠支住了腮的總督，
何時可把手放下來呢？
那隻金屬了的手。

詩行也許太參差些。但「金屬了的他」「金屬了的手」裡的「金屬」這個名詞用作動詞，便創出了新的詞彙，可以注意。這二語跟第六七行原都是描述事實，但是全詩將那僵冷的銅像灌上活潑的情思，前二語便見得如何動不了，動不了手，第三語也便見得如何「永久的支著腮」在「懷疑」。這就都帶上了隱喻的意味。這些都比較生硬而複雜，只可朗讀給自己聽；要是教一般人聽，恐怕不容易聽懂。不過爲己的朗讀和爲人的朗讀卻該同時並進，詩才能有獨立的圓滿的進展。

真詩

二十年前新詩開始發展的時候，胡適之先生寫了《北京的平民文學》一篇短文，介紹北京的歌謠（《文存》二集）。文中引義大利衛太爾男爵編的《北京歌唱》（一八六九）《自序》，說這些歌謠中有些「眞詩」，並且說：「根據在這些歌謠之上，根據在人民的眞感情之上，一種新的『民族的詩』也許能產生出來呢。」胡先生接著道：

現在白話詩起來了，然而作詩的人似乎還不曾曉得俗歌裡有許多可以供我們取法的風格與方法，所以他們寧可學那不容易讀又不容易懂的生硬文句，卻不屑研究那自然流利的民歌風格。這個似乎是今日詩國的一種缺陷罷？

胡先生提倡「活文學」的白話詩，要眞，要自然流利；衛太爾的話足以幫助他的理論。他所謂「生硬文句」，指過分歐化的文句。

但是新文學運動實在是受外國的影響。胡先生自己的新詩，也是借鏡於外國詩，一翻《嘗試集》就看得出。他雖然一時興到地介紹歌謠，提倡「眞詩」，可是並不認眞地創作歌謠體的新詩，他要眞，要自然流利，不過似乎並不企圖「眞」到歌謠的地步，「自然流利」到歌謠的地步。那些蒐集歌謠運動雖然甚囂塵上，只是爲了研究和欣賞，並非供給寫作的範本。有人還指出白話詩的音調要不像歌謠，才是眞新詩。其實這倒代表一般人的意見。當時劉半農先生曾經仿作江陰船歌（《瓦釜集》），俞平伯先生也曾仿作吳歌（見《我們的七月》）；他們只是仿作歌謠，不是在作新詩。仿得很逼眞、很自然，但他們自己和別人都不認爲新詩——俞先生在《歡愁的歌》（《冬夜》）那首新詩裡卻有兩段在嘗試小調（俗曲的）音節；不過也只是興到偶一爲之，並沒有嘗試第二次。

「九一八」前後，一度有所謂大衆語運動；這運動的一個支流便是詩的歌謠化。那時有些人嘗試著將所謂農民大衆的意識裝進山歌的形式裡——工人的意識似乎就裝不進去。這個新的歌謠或新詩只出現在書刊上，並不能下鄉，達到農民的耳朵裡對於刊物的讀者也沒有能夠引起興味，因此沒有什麼影響就過去了。大衆語運動雖然熱鬧一時，不久也就消沉了下去。主要的原因大概可以說是不切實際罷。接著是通俗讀物編刊運動，大規模的舊瓶裝新酒，將愛國的意念裝進各種民間文藝的形式裡。這裡面有俗曲，如大鼓調，但沒有山歌和童語，大約因爲這兩體短小的緣故。這運動的目標只在「通俗讀物」，只在宣傳，不在文藝，倒收到相當的效果，發生相當的影響。

抗戰以來，大家注意文藝的宣傳，努力文藝的通俗化。嘗試各種民間文藝的形式的多起來了。民間形式漸漸變爲「民族形式」。

於是乎有長時期的「民族形式的討論」。討論的結果，大家覺得民族形式自然可以利用，但歐化也是不可避免的。就利用民族形式或文藝的通俗化而論，也有兩種意見。一是整個文藝的通俗化，一面普及，一面提高；一個是創作通俗文藝，只爲了普及，提高卻還是一般文藝（非通俗文藝）的責任。不管理論如何，事實似乎是走著第二條路。這時期民族形式的利用裡山歌和童謠兩體還是沒有用上。詩正向長篇和敘事體發展，自然用不到這些。大鼓調用得卻不少，老舍先生的《劍北篇》就是好例子。柯仲平先生的《平漢鐵路工人破壞大隊的產生》參用唱本（就是俗曲）的形式寫成那麼長的詩（並沒有完），也引起一般的注意。這種愛國的詩也可算作「民族的詩」。但衛太爾那時所謂「民族的詩」似乎只指表現一般民衆的生活的詩，他不會想到現在的發展。再說他那本《北京歌唱》裡收的全是兒歌或童謠，他所謂「眞詩」和「民族的詩」都只「根據在這些歌謠之上」，跟現在主張和實行利用民族形式的人也大不相同的。

從新詩的發展來看，新詩本身接受的歌謠的影響很少。所謂歌謠，照我現在的意見，主要的可分爲童歌（就是兒歌）、山歌、俗曲（唱本）三類。新詩只在抗戰後才開始接受一些俗曲的影響，如上文指出的——「九一八」前後歌謠化的新詩，嘗試的既不多，作品也有限（已故的蒲風先生頗在這方面努力，但成績也不顯著），可以不論。不過白話詩的通俗化卻很早就開始。有一種「誇陽曆」的新大鼓，記得一九二五年左右已經出現。更值得重提的是一九二八年《大公報》上的幾首《民間寫眞》，作者是蜂子先生，已經死了十多年。現在抄一首《趙老伯出口》在這裡：

趙老伯一輩子不懂什麼叫作愁，
他老是微笑著把汗往下流。
他又有一個有趣惹人笑的臉，
鼻子翹起像隻小母牛。

他的老婆死了很久很久，
兒子閨女都沒有，
三畝園子兩間屋，
還有一隻大黃狗。

趙老伯近年太衰老，
自己的園地種不了。

從前種菜又種瓜，
現在長滿了狗尾巴草。

夏天沒得吃，冬天又沒得穿，
三畝園子典了三十千。
今年到期贖不出，
李五爺催他趕快搬。
趙老伯這幾天臉上沒有了笑，
提起了搬家把淚掉：

「那裡有啥家可搬？
「提上棍子去把飯來要！」

「這園子我種過四十年，
「才賣了這麼幾個錢！
「又捨不開東鄰共西捨，

「逼我搬家真可憐！」

「從未走路先晃蕩，
「說不定早晨和晚上，
「我死也要死在李家橋，
「天哪！我不能勞苦一生作了外喪！」

「快滾！快滾！快快滾！」
李五爺的管家發了狠。
「禿三爺的利害你該知道！
摸摸你吃飯的傢伙穩不穩？」
趙老伯有個好人緣兒，
小孩子都喜歡同他玩兒。
因為李五爺趕他走，
大家只能把長氣吸一口。
一瘸一拐奔了古北口，

山上山下幾行衰柳。
晨曦裡我遠望見他同他的老伙伴
趙老伯同著他的大黃狗。

（《大公報》，一九二八年十一月二十一日）

這夠「自然流利」的，按衛太爾和胡先生的標準，該可以算是「眞詩」。其中四個「把」字句和一些七字句大概是唱本的影響，但全篇還是一般白話的成分多。本篇描寫農民的生活具體而貼切；雖然無所謂農民大衆的意識，卻不愧「民間寫眞」的名目。作爲通俗的白話詩，這是出色當行之作；但按詩的一般標準說，似乎還欠經濟些——原作者自己似乎也沒有認爲是一般的新詩。

所謂「自然流利」的「眞詩」，如上文所論，是以童謠爲根據的。童謠就是兒歌，並不限於兒童生活，歌詠成人生活的也盡有。「童謠」是歷史上傳下來的名字，似乎比兒歌能夠表現這種歌謠的社會性些——我並不看重童謠的占驗作用，而看重它的諷世作用。童謠是「誦」的，也可以算是「讀」的。它全用口語，所謂「自然流利」；有時候押韻，也極自然，念下去還是流利的。但是童謠跟別種民間文藝一樣，俳諧氣太重而缺乏認眞的嚴肅的態度；誇張和不切實更是它的本色。這是童謠的「自然」。「流利」的語調兒見出伶俐，但太輕快了便不免有點兒滑，沉不住氣。這也許可以說是不認眞的「眞詩」罷？再說童謠復沓多，只能表現單純和簡單的情感，也跟一般的詩不同。新詩不取法於童謠，大概爲了這些。

山歌是竹枝詞一脈，中唐李益有詩道，「無奈孤舟夕，山歌聞竹枝」，可見，對山歌也該是的；劉禹錫《竹枝詞》引中有「以曲多爲賢」的話，似乎就指的相對競歌。竹枝詞原可以合樂，且有舞容；現在的山歌調也可以合樂，舞容卻似乎沒有。但現在的山歌以徒歌爲主。竹枝詞從劉禹錫依調創作以後，成爲詩的一體；不過是特殊的一體，專詠風土，不避俗，跟一般的七絕詩總有些分別。後來蒐集山歌的人稱山歌爲「風」，如李調元的《粵風》；「風」的名字雖然本於《國風》，其實只是「歌謠」的意思。這與一般的詩還是不能相提並論。現在的山歌以歌詠私情（戀愛）爲主，最長於創造譬喻。在創造譬喻這一點上，是值得新詩取法的。山歌也盡量用白話，雖不像童謠的「自然」，比一般的詩卻「自然」得多。可是因此也不免俳諧、灑脫、不認眞。山歌是唱的，雖然空口唱，也有一定的調子，似乎說不上「流利」與否。又因爲是唱的，聲就比義重；在不唱而吟誦的時候，山歌的音調也還跟七絕詩一樣。新詩是「讀」的或「說」的，不是唱的，它又要從舊詩詞曲的固定的形式解放，又認眞，所以也沒有取法於山歌。

俗曲的種類很多，往往因地而異，各有各的來歷，這裡無須詳論。俗曲大多數印成唱本，普通就稱爲唱本。許多的小調和大鼓調都有唱本。唱本以七字句或十字句爲基調；有些可以合樂，但長篇只爲吟誦而作。唱本篇幅長，要句調整齊，得多參用文言，便不能很「自然」。它的「自然」還趕不上山歌，但比一般的詩總近於口語些就是了。它也無所謂「流利」與否。童謠的俳諧氣、誇張和不切合的情形，唱本都有；它的不切合特別表現在套語裡如佳人、牙床等。加上白話文言的駁雜，敘述描寫的煩瑣，完美的作品極少。唱本多半是敘事歌，不像童謠和山歌以抒情爲主。新詩原只向抒情方面發展，無需敘事的體裁，唱本又有許多和新詩不合的地方，新詩不取法於它是無足怪的。現在的詩一方面向敘事體發展，於是乎柯仲平先生斟酌唱本的形式，寫成《平漢鐵路工人破壞大隊的產生》。那是準備朗讀的，不是準備吟誦的；倒沒有唱本的種種不合的地方，只是煩瑣得可以，煩瑣就埋沒了精彩。

但是新詩不取法於歌謠，最主要的原因還是外國的影響；別的原因都只在這一個影響之下發生作用。外國的影響使我國文學向一條新路發展，詩也不能夠是例外。按詩的發展的舊路，各體都出於歌謠，四言出於《國風》《小雅》，五七言出於樂府詩。《國風》《小雅》跟樂府詩在民間流行的時候，似乎有的合樂，有的徒歌——詞曲也出於民間，原來卻都是樂歌。這些詩歌經過文人的由仿作而創作，漸漸地脫離民間脫離音樂而獨立。這中間詞曲的節奏不講究於自然勻稱和均齊，而靠著樂調的組織，獨立較難。詞脫離了民間，脫離了音樂，脫離了俳諧氣，但只掙得半獨立的「詩餘」地位。清代常州詞派想提高它的地位，努力使它進一步地詩化，嚴肅化，可是目的並未達成。曲脫離了民間，沒有脫離了音樂；劇曲的發展成功很大，散曲卻還一向帶著俳諧氣，所以只得到「詞餘」的地位。新文學運動以來，這兩體都升了格算是詩了；那是按外國詩的意念說的，也是外國的影響。

照詩的發展的舊路，新詩該出於歌謠。山歌七言四句，變化太少；新詩的形式也許該出於童謠和唱本。像《趙老伯出口》倒可以算是照舊路發展出來新詩的雛形。但我們的新詩早就超過這種雛形了。這就因爲我們接受了外國的影響，「迎頭趕上」。這是歐化，但不如說是現代化。「民族形式討論」的結論不錯，現代化是不可避免的。現代化是新路，比舊路短得多；要「迎頭趕上」人家，非走這條新路不可。可是話說回來，新詩雖然不必取法於歌謠，卻也不妨取法於歌謠，山歌長於譬喻，並且巧於復沓，都可學。童謠雖然不必尊爲「眞詩」，但那「自然流利」，有些詩也可斟酌地學；新詩雖說認眞，卻也不妨有不認眞的時候。歷來的新詩似乎太嚴肅，不免單調些。卞之琳先生說得好：

可是松了，
不妨拉樹枝擺搖。

（《慰勞信集》五）

我們現在不妨來點兒輕快的幽默的詩。只有唱本，除了一些句法外，值得學的很少。現在敘事詩雖然發展，唱本卻不足以供模範。現在的敘事詩已經不是英雄與美人的史詩，散文的成分相當多；唱本的結構往往鬆散，若去學它，會增加敘事詩的散文化的程度，使讀者覺得過分。我們主張新詩不妨取法歌謠，爲的使它多帶我們本土的色彩；這似乎也可以說是利用民族形式，也可以說是在創作「一種新的『民族的詩』」。

詩多義舉例

了解詩不是件容易事，俞平伯先生在《詩的神祕》一文中說得很透徹的。他所舉的「聲音訓詁」「大義微言」「名物典章」，果然都是難關；我們現在還想加上一項，就是「平仄黏應」，這在近體詩很重要，而懂得的人似乎越來越少了。不過這些難關，全由於我們知識不足；大家努力的結果，知識在漸漸增多，難關也可漸漸減少——不過有些是永遠不能度過的，我們也知道。所謂努力，只是多讀書、多思想。

就一首首的詩說，我們得多吟誦，細分析；有人想，一分析，詩便沒有了，其實不然。單說一首詩「好」，是不夠的，人家要問怎麼個好法，便非先做分析的功夫不成，譬如《關雎》詩罷，你可以引《毛傳》，說以雎鳩的「摯而有別」來比后妃之德，道理好。毛公原只是「章句之學」，並不想到好不好上去，可是他的方法是分析的，不管他的分析的結果切合原詩與否。又如金聖歎評杜甫《閣夜》詩說前四句寫「夜」，後四句寫「閣」「悲在夜」「憤在閣」，不管說的怎麼破碎，他的方法也是分析的。從毛公《詩傳》出來的詩論，可稱為比興派；金聖歎式的詩論，起源於南宋時，可稱為評點派。現在看，這兩派似乎都將詩分析得沒有了，然而一向他們很有勢力，很能起信，比興派尤然；就因爲說得出個所以然，就因爲分析的方法少不了。

語言作用有思想的、感情的兩方面：如說「他病了」，直敘事實，別無涵義，照字面解就夠，所謂「聲音訓詁」，屬於前者。但如說「他病得九死一生」，「九死一生」便不能照字面直解，只是「病得很重」的意思，卻帶著強力的情感，所謂「大義微言」，屬於後者。詩這一種特殊的語言，感情的作用多過思想的作用。單說思想的作用（或稱文義）吧，詩體簡短，拐彎兒說話，破句子，有的是，也就夠捉摸的；加上情感作用，比喻，典故，變幻不窮，更是繞手。

還只有憑自己的知識力量，從分析下手。可不要死心眼兒，想著每字每句每篇只有一個正解；固然有許多詩是如此，但是有些卻並不如此。不但詩，平常說話裡雙關的也盡有。我想起個有趣的例子：前年燕京大學抗日會在北平開過一家金利書莊，是顧頡剛先生起的字號。他告訴我「金利」有四個意思：第一，不用說是財旺；第二，金屬西，中國在日本西，是說中國利；第三，用《易經》「二人同心，其利斷金」的話；第四，用《左傳》「磨厲以須」的話，都指對付日本說。又譬如我本名「自華」，家裡給我起個號叫「實秋」，一面是「春華秋實」的意思，一面也因算命的說我五行缺火，所以取個半邊「火」的「秋」字。這都是多義。

回到詩，且先舉個小例子。宋黃徹《䂬溪詩話》裡論「作詩有用事（典故）出處，有造語

（句法）出處」，如杜甫《秋興》詩之三「五陵衣馬自輕肥」，雖出《論語》，總合其語，乃范雲「裘馬悉輕肥」。《論語・雍也》篇「乘肥馬，衣輕裘」，指公西赤的「富」而言；范雲句見於《贈張徐州謖》詩，卻指的張徐州的富貴，與原義小異。杜甫似乎不但受他句法影響；他這首詩上句云「同學少年多不賤」，原來他用「衣馬輕肥」也是形容富貴的。改「裘」「馬」爲「衣」「馬」，卻是他有意求變化。至於這兩句詩的用意，看來是以同學少年的得意反襯出自己的迂拙來。仇兆鰲《杜詩詳注》說：「曰『自輕肥』見非己所關心」。多義中有時原可分主從，仇兆鰲這一解，照上下文看，該算是從意。至於前例，主意自然是「財旺」，因爲誰見了那個字號，第一想到的總該是「財旺」。

多義也並非有義必收：搜尋不妨廣，取捨卻須嚴；不然，就容易犯我們歷來解詩諸家「斷章取義」的毛病。斷章取義是不顧上下文，不顧全篇，只就一章、一句甚至一字推想開去，往往支離破碎，不可究詰。我們廣求多義，卻全以「切合」爲準；必須親切，必須貫通上下文或全篇的才算數。從前箋注家引書以初見爲主，但也有一個典故引幾種出處以資廣證的。不過他們只舉其事，不述其義；而所舉既多簡略，又未必切合，所以用處不大。去年暑假，讀英國燕卜蓀[1]的《多義七式》（Seven Types of Ambiguity）覺著他的分析法很好，可以試用於中國舊詩。現在先選四首膾炙人口的詩作例子，至於分別程式，還得等待高明的人。

1 編者注——威廉・燕卜蓀（William Empson），英國著名文學批評家、詩人。

一、古詩一首

行行重行行，與君生別離。相去萬餘里，各在天一涯。道路阻且長，會面安可知。胡馬依北風，越鳥巢南枝。相去日已遠，衣帶日已緩。浮雲蔽白日，遊子不顧反。思君令人老，歲月忽已晚。棄捐勿復道，努力加餐飯。

胡馬依北風，越鳥巢南枝。

（一）《文選》李善注引《韓詩外傳》曰：「詩曰『代馬依北風，飛鳥棲故巢』，皆不忘本之謂也。」

（二）徐中舒《古詩十九首考》：「《鹽鐵論．未通》篇：『故代馬依北風，飛鳥翔故巢，莫不哀其生。』」

（三）又：「《吳越春秋》：『胡馬依北風而立，越燕望海日而熙，同類相親之意也。』」

（四）張庚《古詩十九首解》：「一以緊承上『各在天一涯』，言北者自北，南者自南，永無相見之期。」

（五）又：「二以依北者北，巢南者南，凡物各有所托，遙伏下思君云云，見己之身心，惟君子是托也。」

（六）又：「三以依北者不思南，巢南者不思北，凡物皆戀故土，見遊子當返，以起下『相去日已遠』云云。」

照近年來的討論，《古詩十九首》作於漢末之說比較可信些，那麼便在《吳越春秋》之後了。前三義都可採取。比喻的好處就在彈性大；像這種典故，因經過多人引用，每人略加變化，更是涵義多。但這個典故的涵義，當時已然飽和，所以後人用時得大大改樣子：像陶淵明《歸園田居》裡的「羈鳥戀舊林，池魚思故淵」以「返自然」的意思爲主，面目就不同。陶以後大概很少人用這種句法了。本詩中用這個典故，也有點新變化，便是屬對工整。（六）的「戀故土」，原也是「不忘本」的一種表現。但下文所說，確定本詩是居者之辭，這一層以後還須討論。（四）（五）以胡馬越鳥表分居南北之意。但照（一）（二）（三）看，這兩件事原以比喻一個理；所以要用兩件事，爲的是分量重些，駢語的氣勢也好些，諸子中便常有這種句法。（四）（五）兩說，違背古來語例，不足取。

相去日已遠，衣帶日已緩。

（一）《古樂府歌詩》：「……胡地多飆風，樹木何修修。離家日趨遠，衣帶日趨緩。心思不能言，腸中車輪轉。」

（二）張《解》：「『相去日已遠』以下言久也。……『遠』字若作『遠近』之『遠』，與上文『相去萬餘里』復矣。惟相去久，故思亦久，以致衣帶緩。帶緩伏下『加餐』。」

《古樂府歌詩》不知在本詩前後；若在前，「離家」二句也許是「相去」二句所從出。那麼從「胡地」句一直看下去，本詩是行者之辭了。但因下文「思君令人老」二句，又覺得不必然，詳後。「相去」句若從「離家」句出來，「遠」字自然該指「遠近」；可是張解也頗切合，「遠」字也許是雙關，與下文「歲月忽已晚」句呼應。不過主意還該是「遠近」罷了。至於與「相去萬餘里」重複，卻毫不足爲病。復沓原是古詩技巧之一；而此處更端另起，在文義和句法上復沓一下，也可以與上文扣得緊些。「帶緩伏下『加餐』」，容後再論。

浮雲蔽白日，遊子不顧反。

（一）《文選》李善注：「浮雲之蔽白日，以喻邪佞之毀忠良，故遊子之行，不顧反也。《古楊柳行》曰：『讒邪害公正，浮雲蔽白日。』義與此同也。」

（二）劉履《選詩補注》：「遊子所以不復顧念還返者，第以陰邪之臣上蔽於君，使賢路不通，猶浮雲之蔽白日也。」

（三）朱筠河《古詩十九首說》（徐昆筆述）：「浮雲二句，忠厚之極。『不顧返』者，本是遊子薄幸，不肯直言，卻托諸浮雲蔽日。言我思子而不思歸，定有讒人間之，不然，胡不返耶？」

（四）張《解》：「此臣不得於君而寓言於遠別離也。……白日比遊子，浮雲比讒間之人。……見遊子之心本如白日，其不思返者，爲讒人間之耳。」

四說都以「浮雲蔽日」爲比喻，所據的是《古楊柳行》，今已佚。而（一）（二）以本詩爲行者逐臣之辭，（三）（四）卻以爲居者棄妻之辭。浮雲蔽日是比而不是賦，大約可以相信。與古詩時代相去不久的阮籍《詠懷》詩中有云：「單帷蔽皎日，高樹隔微聲。讒邪使交疏，浮雲令晝暝。」徐中舒先生《古詩考》裡說也是用的《古楊柳行》的意思，可見《古楊柳行》不是一首生僻的樂府，本詩引用其語，是可能的。固然，我們還沒有確證，說這首樂府的時代比本詩早；不過就句意說，樂府顯而本詩晦。自然以晦出於顯爲合理些。解爲逐臣之辭，在本詩也可貫通；但古詩別首似乎就沒有用「比興」的，因此此解還不一定切合。《涉江採芙蓉》一首全用《楚辭》，也許有點逐臣的意思，但那是有意檃括，又當別論。解爲棄妻之辭，因「思君令人老」一句的關係，可得《冉冉孤生竹》一首作旁證，又「遊子」句與《青青河畔草》的「蕩子行不歸」相彷彿，也可參考，似乎理長些。那麼，「浮雲蔽日」所比喻的，也將因全詩解法不同而異。

思君令人老，歲月忽已晚。

（一）《古詩》之八《冉冉孤生竹》有云：「思君令人老，軒車來何遲。……君亮執高節，賤妾亦何爲。」張《解》：「身固未嘗老，思君致然，用《詩》所謂『維憂用老』也。」

（二）朱《說》「『思君令人老』，又不止於衣帶緩矣。『歲月忽已晚』，老期將至，可堪多少別離耶！」

（三）張《解》：「思君二句承衣帶緩來；已之憔悴，有似於老，而實非衰殘，只因思君使然。然屈指從前歲月，亦不可不云晚矣。」

《冉冉孤生竹》明是棄婦之辭，其中「思君令人老」一句，可以與本詩參證。「維憂用老」是《小雅．小弁》詩語。《小弁》詩的意思還不能確說，朱熹以爲是周幽王太子宜臼被逐而作；那麼與本詩「逐臣」一解，便有關聯之處。但《冉冉孤生竹》裡「思君」一句，雖用此語（直接或間接），卻只是斷章取義；本詩用它或許也是這樣。想以此證本詩爲逐臣之辭，是不夠的。「歲月晚」，（二）（三）都解爲久，與上文「相去日已遠」「思君令人老」呼應，原也切合；但主意怕還近於《東城高且長》中「歲暮一何速」一句。杜甫《送遠》詩有「草木歲月晚」語，仇兆鰲注正引本詩，可供旁參。

棄捐勿復道，努力加餐飯。

（一）朱《說》：「日月易邁，而甘心別離，是君之棄捐我也。『勿復道』是決詞，是恨語……下卻轉一語曰：『努力加餐飯』，恩愛之至，有加無已，眞得《三百篇》遺意。」

（二）張《解》：「棄捐二句……言相思無益，徒令人老，曷若棄捐勿道，且『努力加餐』，庶幾留得顏色，以冀他日會面也。」

俞平伯先生以陸士衡擬作中「去去遺情累」，及他詩中類似的句子證明棄捐句當從張解。這是主動、被動的分別，是個文法習慣問題。至於「努力加餐飯」，張以爲就是那衣帶緩的棄婦（張以爲比喻逐臣），卻不是的。蔡邕（？）《飲馬長城窟行》末云：「長跪讀素書，書中竟何如？上有『加餐食』，下有『長相憶』。」可見「加餐食」是勉人的話——直到現在，我們寫信偶然還用。《史記·外戚世家》：「（衛）子夫上車，平陽主拊其背曰：『行矣，強飯，勉之；即貴毋相忘。』」「強飯」與「加餐食」同意——解作自敘，是不切合的。

二、陶淵明《飲酒》一首

結廬在人境，而無車馬喧。問君何能爾，心遠地自偏。採菊東籬下，悠然見南山。山氣日夕佳，飛鳥相與還。此中有真意，欲辯已忘言。

王康琚《反招隱》詩云：「小隱隱陵藪，大隱隱朝市；伯夷竄首陽，老聃伏柱史。」淵明之隱，在此者之外另成一新境界。但《莊子．讓王》：「中山公子中謂瞻子曰：『身在江海之上，心居乎魏闕之下，奈何！』」淵明或許反用其意，也未可知。後來謝靈運《齋中讀書》詩云：「昔余游京華，未嘗廢丘壑。矧乃歸山川，心跡雙寂寞。」跡寄京華，心存丘壑，反用《莊子》語意，可爲旁證。但陶詠的是境因心遠而不喧，與謝的跡喧心寂還相差一間。

採菊東籬下。

吳淇《選詩定論》說：「採菊二句，俱偶爾之興味。東籬有菊，偶爾採之，非必供下文佐飲之需。」這大概是古今之通解。淵明爲什麼愛菊呢？讓他自己說：「芳菊開林耀，青松冠岩列；懷此貞秀姿，卓爲霜下傑。」（《和郭主簿》之二）我們看鍾會的《菊賦》：「故夫菊有五美焉：……冒霜吐穎，象勁直也……」可見淵明是有所本的。但鍾會還有「流中輕體，神仙食也」一句，菊花是可以吃的。淵明自己便吃，《飲酒》之七云：「秋菊有佳色，裛露掇其英；泛此忘憂物，遠我遺世情。」可見是一面賞玩，一面也便放在酒裡喝下去。這也有來歷，「泛流英於青（？）醴，似浮萍之隨波」。見於潘尼《秋菊賦》。喝菊花酒也許還有一定的日子。淵明《九日閒居》詩序：「秋菊盈園而持醪靡由，空服九華。」詩裡也說：「酒能祛百慮，菊解制頹齡。……塵爵恥虛罍，寒花徒自榮。」似乎只吃花而沒喝酒，很是一樁缺憾。這個風俗也早有了。魏文帝《九日與鍾繇書》裡說：「至於芳菊，紛然獨榮。非夫含乾坤之純和，體芬芳之淑氣，孰能如此。故屈平悲冉冉之將老，思『餐秋菊之落英』。輔體延年，莫斯之貴。謹奉一束，以助彭祖之術。」再早的崔寔《四民月令．九月》也記著「九日可採菊花」的話。照這些情形看，本詩的「採菊」，也許就在九日，也許是「供佐飲之需」；這種看法，在今人眼裡雖然有些煞風景，但是很可能的。九日喝菊花酒，在古人或許也是件雅事呢。

此中有真意，欲辯已忘言。

（一）《文選》李善《注》：「《楚辭》曰：『狐死必首丘，夫人孰能反其眞情？』王逸《注》曰：『眞，本心也。』」

（二）又：「《莊子》曰：『言者，所以在意也，得意而忘言。』」

（三）古直《陶靖節詩箋》：「《莊子．齊物論》：『辯也者，有不辯也。』『大辯不言。』」

淵明《始作鎮軍參軍經曲阿作》云：「目倦川塗異，心念山澤居。望雲慚高鳥，臨水愧游魚。眞想初在襟，誰謂形跡拘。聊且憑化遷，終返班生廬。」「眞意」就是「眞想」；而「眞」固是「本心」，也是「自然」。《莊子．漁父》：「禮者，世俗之所爲也。眞者，所以受於天也，自然不可易也。故聖人法天貴眞，不拘於俗。愚者反此，不能法天而恤於人，不知貴眞，祿祿而受變於俗，故不足。」淵明所謂「眞」，當不外乎此。

三、杜甫《秋興》一首

昆明池水漢時功，武帝旌旗在眼中。織女機絲虛夜月，石鯨鱗甲動秋風。波漂菰米沉雲黑，露冷蓮房墜粉紅。關塞極天唯鳥道，江湖滿地一漁翁。

《秋興》

（一）錢謙益《箋注》：「殷仲文（《南州桓公九井作》）詩云：『獨有清秋日，能使高興盡。』」

（二）又：「潘岳《秋興賦》序云：『於時秋也，遂以名篇。』」

（三）仇兆鰲《注》：「黃鶴、單復俱編在（代宗）大曆元年……（時）在夔州。」

（一）（二）都只說明詩題的來歷，杜所取的當只是「秋興」的文義而已。

昆明池水漢時功，武帝旌旗在眼中。

（一）錢《箋》：「《西京雜記》：『昆明池中有戈船樓船各數百艘。樓船上建樓櫓，戈船上建戈矛，四角悉垂幡旄，旍葆麾蓋，照灼涯涘。余少時猶憶見之。』」

（二）錢《箋》：「舊箋謂借漢武以喻玄宗，指（《兵車行》）『武皇開邊』爲證。玄宗雖興兵南詔，未嘗如武帝穿昆明以習戰，安得有『旌旗在眼』之語？……今謂『昆明』一章緊承上章『秦中自古帝王州』一句而申言之。」「漢朝形勝莫壯於昆明，故追隆古則特舉『昆明』，曰『漢時』，曰『武帝』，正克指『自古帝王』也。此章蓋感嘆遺跡，企想其姸麗，而自傷遠不得見。」

（三）仇《注》：「此云『旌旗在眼』，是借議言唐。若遠談漢事，豈可云『在眼中』乎？公《寄岳州賈司馬》詩：『無復雲台仗，虛修水戰船。』則知明皇曾置船於此矣。」

玄宗既無修水戰船之事，《寄岳州賈司馬》詩「虛修」一語，只是「未修」之意。仇以此注本詩，卻又以本詩注《寄賈司馬》詩，明是丐詞。《兵車行》「吾皇開邊」一語，上下文都詠時事，確是借喻，與本詩不同。錢義自長，但說本詩緊承上章，卻未免太看中連章體了，中國詩連章體，除近人所作外，就沒有眞正意脈貫通的；解者往往以己意穿鑿，與「斷章取義」同爲論詩之病。其實若只用「秦中」句做本詩注腳，倒是頗切合的。又仇論「在眼中」一語，也太死，不合實際情形。

織女機絲虛夜月，石鯨鱗甲動秋風。

（一）錢《箋》：「《漢宮闕疏》：『昆明池有二石人牽牛織女象。』《西京雜記》：『昆明池刻玉石爲魚，每至雷雨，魚常鳴吼，鬐尾皆動。』」

（二）楊愼《升庵詩話》：「隋任希古《昆明池應制詩》曰：『回眺牽牛渚，激賞鏤鯨川。』便見太平宴樂氣象。今一變云『織女……秋風』，讀之則荒煙野草之悲見於言外矣。」

（三）錢《箋》：「（楊）亦強作解事耳，敘昆明之勝者，莫如孟堅（《西都賦》）、平子（《西京賦》）。一則曰：『集乎豫章之館，臨乎昆明之池，左牽牛而右織女，若雲漢之無涯。』一則曰：『豫章珍館，揭焉中峙，牽牛立其左，織女處其右，日月於是乎出入，象扶桑與濛汜。』此用修（愼）所誇盛世之文也。余謂班、張以漢人敘漢事，鋪陳名勝，故有雲漢日月之言，公以唐人敘漢事，摩挲陳跡，故有機絲夜月之詞，此立言之體也。何謂彼頌繁華而此傷喪亂乎。」

（四）仇《注》：「織女二句記池景之壯麗。」

「喪亂」指長安經安史之亂而言。錢說引了班、張賦語，杜的「摩挲陳跡」，才確實覺得有意義。但「夜月」「秋風」等固然是實寫秋意，確也令人有「荒煙野草之悲」。專取錢說，不顧杜甫作詩之時，未免有所失；不如以秋意爲主，而以錢、楊二義從之。至於仇說的「壯麗」，卻毫無本句及上下文的根據。

波漂菰米沉雲黑，露冷蓮房墜粉紅。

（一）錢《箋》：「《西京賦》：『昆明靈沼，黑水玄阯。』（李）善曰：『水色黑，故曰玄阯也。』」

（二）仇《注》：「鮑照（《苦雨》）詩：『沉雲日夕昏。』」

（三）仇《注》：「王褒（《送劉中書葬》）詩：『塞近邊雲黑。』」

（四）錢《箋》：「趙（次公）《注》曰：『言菰米之多，黯黯如雲之黑也。』」

（五）錢《箋》：「昌黎《曲江荷花行》云：『文言何處芙蓉多，撐舟昆明渡雲錦。』注云：

『昆明池周回四十里芙蓉之盛，如雲錦也。』」

（六）《升庵詩話》：「《西京雜記》云：『太液池中有雕菰，紫籜綠節，鳧雛雁子，唼喋其間。』《三輔黃圖》云：『官人泛舟採蓮，爲巴人棹歌』，便見人物游嬉，宮沼富貴。今一變云，『波漂……粉紅』，讀之則菰米不收任其沉，蓮房不採而任其墜，兵戈亂離之狀具見矣。」

（七）錢《箋》：「菰米蓮房，補班、張鋪敘所未見。『沉雲』『墜粉』，描畫索秋景物，居然金碧粉本。昆池水黑……菰米沉，象池水之玄黑，極言其繁殖也。用修言……不已倍乎！」

（八）仇《注》：「菰米蓮房，逢秋零落，故以興己之漂流衰謝耳。」

錢解上句，合李、趙爲一，正是所謂多義，但趙義自是主；鮑、王詩也當參味。楊引《西京雜記》《三輔黃圖》語，全與昆明無涉，所說「一變」，自不足信。但「漂」「沉」「黑」「露冷」「墜粉紅」等狀，雖不見「兵戈亂離」，卻也夠荒涼寂寞的。這自然也是以寫秋意爲主，但與《哀江頭》裡的「細柳新蒲爲誰綠」，有彷彿的味道。仇說「菰米蓮房，逢秋零落」，詩中只說蓮房零落，菰米卻盛。他又說杜「以興己之漂流衰謝」，照上下文看，詩還只說到長安，隔著夔州還「關塞極天」，如何能「興」到他自己身上去！

關塞極天唯鳥道，江湖滿地一漁翁。

（一）《史記・貨殖列傳》：「范蠡……乃乘扁舟，浮於江湖。」

（二）陶淵明《與殷晉安別》詩：「江湖多賤貧。」

（三）仇《注》：「陳澤州注：『「江」即「江間破浪」（見《秋興》第一首），帶言「湖」者，地勢接近，將赴荊南也。』」

（四）浦起龍《讀杜心解》：「『江湖滿地』，猶言漂流處處也。」

（五）仇《注》：「博玄（《牆上難爲趨行》）詩：『渭濱漁釣翁，乃爲周所咨』。」

（六）錢《箋》：「二句正寫所思之況：『關塞極天』，豈非風煙萬里（見原第六首），『滿地一漁翁』，即信宿泛泛之漁人（見原第三首）耳，上下俯仰，亦『在眼中』。謂公自指『一漁翁』則陋。」

（七）仇《注》：「陳澤州注：『公詩「天入滄浪一釣舟」「獨把釣竿終遠去」，皆以漁翁自比。』」

（八）仇《注》：「身阻鳥道而跡比漁翁，以見還京無期，不復睹王居之盛也。」

（九）楊倫《杜詩鏡銓》：「『極天』『滿地』，乃俯仰興懷之意。」

陳解「江湖」太破碎，當兼用陶詩《史記》義；但他證明「漁翁」乃甫自指，卻切實可信。錢說「漁翁」就是原第三首的「漁人」，空泛無據。傅玄詩意，或者帶一點兒。錢、仇讀下句，似乎都在「湖」字一頓，與上句上四下三不同；但這一聯還在對偶，照浦《解》「滿地」屬上讀更自然。「滿地」即滿處走之意，屬上屬下原都成，也是個文法問題；但屬上讀，聲調整齊些；屬下讀，聲調有變化些。楊倫語也不切，但「俯仰興懷」關合天地卻好。至於仇說「不復睹王居之盛」，和錢說「感嘆遺跡，企想其妍麗，而自傷遠不得見」，倒是大致相同；不過照上面所討論，我想說，「不復睹王居」「感嘆遺跡，而自傷遠不得見」，怕要切合些；而這兩層也得合在一起說才好。

四、黃魯直《登快閣》一首

痴兒了卻公家事，快閣東西倚晚晴。落木千山天遠大，澄江一道月分明。朱弦已為佳人絕，青眼聊因美酒橫。萬里歸船弄長笛，此心吾與白鷗盟。

快閣

（一）史容《山谷外集注》：「快閣在太和。」

（二）高步瀛《唐宋詩舉要》：「清《一統志》：『江西吉安府：快閣在太和縣治東澄江之上，以江山廣遠，景物清華，故名。』」

（三）《年譜》列此詩於神宗元豐六年（西元一〇八三）下，時魯直知吉州太和縣。

痴兒了卻公家事，快閣東西倚晚晴。

《晉書．傅咸傳》：「（楊）駿弟濟素與成善，與咸書曰：『江海之流混混，故能成其深廣也。天下大器，非可稍了，而相觀每事欲了。生子痴，了官事，官事未易了也；了事正作痴，復爲快耳。』」這是勸咸「官事」不必察察爲明，馬虎點辦得了，裝點兒傻自己也痛快的。這兩句單從文義上看，只是說馬馬虎虎辦完了公事，上快閣看晚晴去，但魯直用「生子痴，了官事」一典，卻有四個意思：一是自嘲，自己本不能了公事；二是自許，也想大量些，學那江海之流，成其深廣，不願黏滯在了公事上；三是自放，不願了公事，想回家與「白鷗」同處；四是自快，了公事而登快閣，更覺出「閣」之爲「快」了。

落木千山天遠大，澄江一道月分明。

（一）杜甫《登高》詩：「無邊落木蕭蕭下。」

（二）李白《金陵城西樓月下吟》：「金陵夜寂涼風發，獨上高樓望吳越。……月下沉吟久不歸，古今相接眼中稀。解道『澄江淨如練』，令人長憶謝玄暉。」

（三）周季鳳《山谷先生別傳》：「木落江澄，本根獨在，有顏子克復之功。」

「澄江」變爲江名，怕是後來的事。不引謝朓而引李白，一則因李詠月下景，與下句合，二則「古今」句詠知音難得，就是下文「朱弦」一聯之主意，魯直大槪也是「獨上」，與李不無同感。知道李白這首詩，本聯與下一聯之間才有脈絡可尋，不然，前後兩截，就覺著鬆懈些。周說是從這兩句也可以見出魯直胸襟遠大，分明有仁者氣象，詩有時確是可以觀人的；不過一定說「有顏子克復之功」，便不免理學套語。

朱弦已為佳人絕，青眼聊因美酒橫。

（一）《禮記．樂記》：「清廟之瑟，朱弦而疏越（瑟底孔），一唱而三嘆，有遺音者矣。」

（二）《呂氏春秋．本味》篇：「伯牙鼓琴，鍾子期聽之。方鼓琴而志在太山，鍾子期曰：『善哉乎鼓琴，巍巍乎若太山。』少選之間而志在流水，鍾子期又曰：『善哉乎鼓琴，湯湯乎若流水。』鍾子期死，伯牙破琴絕弦，終身不復鼓琴，以爲世無足復爲鼓琴者。」

（三）史《注》：「用鍾期、伯牙事，不知謂誰。」

（四）漢武帝《秋風辭》：「懷佳人今不能忘。」《文選》六臣注：「佳人，謂群臣也。」

（五）趙彥博《今體詩鈔注略》：「按公《懷李德素》詩：『古來絕朱弦，蓋爲知音者。』」

（六）紀昀《瀛奎律髓刊誤》：「此佳人乃指知音之人，非婦人也。」

（七）《唐宋詩舉要》：「《晉書．阮籍傳》曰：『籍又能爲青白眼。嵇喜來吊，籍作白眼，喜不懌而退。喜弟康聞之，乃賫酒挾琴造焉。籍大悅，乃見青眼。』」

上句用子期、伯牙故事，自然是主意；但「朱弦」影帶「一唱三嘆有遺音」之意，兼示伯牙琴音之妙，關合這故事的前一半。史說「不知謂誰」，是以爲「佳人」實有所指；而這個人或已死、或遠離，都可能的。但魯直也許斷章取義，只用「世無足復爲鼓琴者」一語，以示鍾子期已往，世無知音；所謂「佳人」，便指的鍾子期自己。這麼著，他似乎是說，琴弦已爲鍾子期而絕，今世哪裡會有知音呢？青眼的故事與琴和酒都有關合處；魯直也許是說嵇康的《廣陵散》已絕，世無可加「青眼」之人，「青眼」只好加到美酒上罷了。這兩句也許是登臨時遐想，也許還帶著記事，就是「且喝酒」之意。

萬里歸船弄長笛，此心吾與白鷗盟。

（一）馬融《長笛賦》：「可以……寫神喩意……溉盥汚穢，澡雪垢滓矣。」

（二）伏滔《長笛賦》：「……近可以寫情暢神……窮足以怡志保身。」

（三）《列子．黃帝》篇：「海上之人有好鷗鳥者，每旦之海上，從鷗鳥游。鷗鳥之至者，百住（音數）而不止，其父曰：『吾聞鷗鳥皆從汝游，汝取來吾玩之。』明日之海上，鷗鳥舞而不下也。故曰，至言去言，至爲無爲；齊智之所知，則淺矣。」

（四）夏竦《題睢陽》詩：「忘機不管人知否，自有沙鷗信此心。」

魯直是洪州分寧縣人，去太和甚近，而說「萬里歸船」，不免膚廓；此當是杜甫影響，因爲甫喜歡用「百年」「萬里」等大字眼，但他用得合式。兩句以思歸隱結，本是熟套。「弄長笛」似乎節取馬、伏兩賦義，與歸船相連，卻算新意思；「白鷗盟」之「盟」，也似乎未經人道。「此心」即「心」，「此」字別無涵義；心與鷗盟，即慕「無爲」，思「忘機」，輕「齊智」（庸俗之人），鄙官事之意，與全篇都有照應。

論「以文為詩」

陳師道《後山詩話》云：

退之以文為詩，子瞻以詩為詞，如教坊雷大使之舞，雖極天下之工，要非本色。

說韓愈（退之）以文爲詩，原不始於陳師道，釋惠洪《冷齋夜話》二云：

沈存中、呂惠卿吉甫、王存正仲、李常公澤，治平中在館中夜談詩。存中曰：「退之詩，押韻之文耳，雖健美富贍，然終不是詩。」吉甫曰：「詩正當如是。吾謂詩人亦未有如退之者。」

「以文爲詩」一語似乎比「押韻之文」一語更清楚些，所以這裡先引了《後山詩話》。這個詩文分界的問題，是宋人提出的，也是宋人討論得最詳盡。劉克莊、嚴羽的意見可爲代表。

劉說：

後人盡誦讀古人書，而下語終不能彷彿風人之萬一，余竊惑焉。或古詩出於情性，發必善；今詩出於記問博而已，自杜子美未免此病。

（《後村先生大全集》九十六，《韓隱君詩序》）

又說：

唐文人皆能詩，柳尤高，韓尚非本色。迨本朝則文人多，詩人少。三百年間，雖人各有集，集各有詩，詩各自為體，或尚理致，或負才力，或呈辨博，少者千篇，多至萬首，要皆經義策論之有韻者爾，非詩也。

（同上九十四，《竹溪詩序》）

嚴也說：

近代諸公乃作奇特解會，遂以文字為詩，以才學為詩，以議論為詩。夫豈不工？終非古人之詩為也，蓋於一唱三嘆之音有所歉焉。

（《滄浪詩話‧詩辨》）

他們都是以風詩爲正宗的。

到了明代的李夢陽，他更進一步，主張五言古詩以漢、魏、六朝爲宗，七言古詩以樂府及盛唐爲宗，近體全以盛唐爲宗。他給詩立了定格，建了正統，他的詩的影響不過一時，但他的詩格論的影響不是一時的；後來雖有許多反對的意見，卻並沒有能夠搖動他的基礎。它的基礎是在「吟詠情性」（《詩大序》）、「溫柔敦厚」（《禮記‧經解》）那些話和「選體」的五言詩上頭。

爲什麼到了宋代才有詩文分界的問題呢？這有很長的歷史。原來古代只有詩和史的分別（見聞一多先生《歌與詩》），古代所謂「文」，包括這兩者而言。此外有「辭」「言」「語」。「辭」如春秋的辭令，戰國的說辭。「語」如《論語》《國語》。「言」呢，諸子大都是記言之作。但這些都沒有明劃的分界，詩與史相混，從《雅》《頌》可見。詩、史、辭和言、語相混，從《老子》《莊子》等書內不時夾雜著韻語可見。至於漢代稱爲《楚辭》的屈、宋諸作，不用說更近於詩了。

漢代是個賦的時代；那時所謂「文」或「文章」便指賦而言。漢代又是個樂府時代；假如賦可以說是霸主，樂府便是附庸了。樂府是詩，賦也可以說是詩，班固《兩都賦序》第一句便說「或曰：『賦者，古詩之流也』」，劉歆《七略》也將詩賦合爲一目。賦出於《楚辭》和《荀子》的《賦篇》，性質多近於詩的《雅》《頌》，以頌美朝廷，描寫事物爲主，抒情的不多。晉以後的發展，才漸漸專向抒情一路，到六朝爲極盛。按現在說，漢賦裡可以說是散文比詩多。所謂駢體實在是賦的支與流裔，而駢體按我們說，也是散文的一部分。這可見出賦的散文性是多麼大。賦是詩與散文的混合物，那麼，漢人所謂「文」或「文章」，也是詩與散文的混合物了。

樂府以敘事爲主，但其中不缺少抒情的成分。它發展到漢末，萌芽了抒情的五言詩，可是純粹的抒情的五言詩，是成立在魏、晉間的阮籍的手裡；他的意境卻幾乎全是《楚辭》的影響。魏、晉、六朝是駢體文和五言詩的時代；但這時代還只有「文」「筆」的分別，沒有「詩」「文」的分別。「有韻者文」「無韻者筆」，是當時的「常言」（《文心雕龍．總術篇》）。賦和詩都是「文」，和漢人意見其實一樣。另一義卻便不同：有對偶、諧聲的抒情作品是「文」，駢體的章奏與散體的著述是「筆」（梁元帝《金樓子．立言篇》）。這個說法還得將詩和賦都包括在「文」裡不過加上駢體的一部分罷了。這時代也將「詩」「筆」對稱，所謂「筆」還只指駢體的章奏與散體的著述，一部分抒情的駢體不在內，和後來「詩」「文」的分別是不同的。

唐代的詩有了劃時代的發展，所以當時人特別強調「詩」「筆」的分別；杜甫有「賈筆論孤憤，嚴詩賦幾篇」（《寄岳州賈司馬六丈巴州嚴八使君》）的句子，杜牧有「杜詩韓筆愁來讀」（讀《杜韓詩集》）的句子，可見唐一代都只注意這一個分別，杜牧稱韓愈的散體爲「筆」，似乎只看作著述，不以「文」論。韓愈和他的弟子們卻稱那種散體爲「古文」；韓創作那種散體古文，想取駢體而代之，也是劃時代。他的努力是將散體從「筆」升格到「文」裡去，所以稱爲「古文」；他所謂「文」，似乎將詩、賦、駢體、散體都包括在內，一面卻有意揚棄了「筆」的名稱。唐人連韓愈和他的追隨者在內，都還沒有想到詩文的對立上去。

宋代古文大盛，散體成了正宗。駢體不論是抒情的應用的，也都附在散體裡統於「文」這一個名稱之下。王應麟《困學紀聞》有評應用文（駢體居大多數）的，所以別出。王雖分評，卻都稱爲「文」；這個「文」的涵義，正是韓愈的理想的實現。這樣，「筆」既併入「文」裡「文筆」「詩筆」的分別，自然不切用了，於是詩文的分別便應運代興。詩文的分別看來似乎容易，似乎只消說「有韻者詩，無韻者文」就成了。可是不然。宋人便將賦放在文裡，《困學紀聞》「評文」前卷裡有評辭賦的話，王應麟卻不收在那「評詩」一卷裡。宋人將詩從文裡分出，卻留著辭賦，似乎自己找麻煩，但一看當時「文體」的賦（如蘇軾《赤壁賦》等）的發展，便知道這是有道理的。因爲成立了詩文對立的局勢，而二者的分別又不在韻腳的有無上，所以有許多爭議；篇首所引，是代表的例子。

爭議雖多，共同的傾向卻很顯明，那就是風詩正宗。蘇軾和朱熹都致慨於唐詩的變古，以爲古人的「高風」「遠韻」從唐代已經衰竭不存（蘇《書黃子思詩集後》，朱《答鞏仲至書》第四、第五）。這正是風詩正宗的意思。蘇軾自己便是個變古的人，也說出這樣的話，可是這主張不是少數人或一時代的私見，它是有來歷的。《詩大序》說詩是「吟詠情性」的，《禮記．經解》說「溫柔敦厚」是「詩教」。這裡面雖含著政教的意味、史的意味，但《三百篇》中風詩及准風詩的《小雅》既佔了大多數，宋代又是經學解放的時代，當時人不管註疏裡史的解釋，只將自己讀風詩的印象去印證那兩句話，而以含蓄蘊藉的抒情詩爲正宗，也是自然的。再說還有選體詩作他們有力的例子。選體詩的意境是繼承《楚辭》的抒情的傳統的。東晉時老、莊的哲學雖然一度侵入詩裡，但因爲只是抄襲陳言，別無新義，不久就「告退」了（《文心雕龍．明詩》）。抒情詩的傳統這樣建立起來，足爲「吟詠情性」和「溫柔敦厚」兩句話張目。

不過選體詩變爲唐詩，到了宋代，一個新傳統又建立起來了。這裡發展了一類「沉著痛快」之作，或抒情，或描寫，或敘事，或議論，不盡合於那兩句古話，可是事實上是有許多人愛作有許多人愛讀的詩。舊傳統壓不倒新傳統，只能和它並存著。好古的人至多只能說舊的是「正」，新的是「變」，像蘇軾便是的；或者說新的比舊的次些，像朱熹便是的，但不能不承認那些「沉著痛快」之作也是詩。再說蘇軾雖然向慕那「高風」「遠韻」，他自己卻還在開闢著「變」的路；這大約是所謂「窮則變」，也是不得不然。劉克莊也還是走的「變」的路。嚴羽是走「正」路了，但是不成家數。他說「近代諸公」的詩不是詩，卻將「沉著痛快」的詩和「優游不迫」（即「溫柔敦厚」）的詩並列爲詩的兩大類，可見也不能完全脫離時代的影響。

沈括（存中）說韓愈的詩只是「押韻之文」，不是詩；陳師道說韓「以文爲詩」，不是詩的本色。陳的意思和後來的朱熹大約差不多；沈說卻比較激切，所以引起全然相反的意見。劉克莊和沈說一樣。原來宋以前詩文的界劃本不分明，也不求分明，沈、陳、劉，以當時的觀念去評量前代，是不公道的。況且韓愈的詩，本於《雅》《頌》和樂府，也不是憑空而來；按宋代說，固可以算他「以文爲詩」，按唐代說，他的詩之爲詩，原是不成問題的。

宋人的風詩正宗論卻大大地影響了元、明兩代；一面也是這兩代散體古文的發展使詩文的分界更見穩定的緣故。李夢陽的各體詩定格說正是時勢使然。但姑不論他的剽竊的作風，他的定格裡上有漢樂府，下有唐詩，其實也已經不純是抒情的傳統，與那兩句古話不盡合了。到了清代中晚期，提倡所謂宋詩，那新傳統復活了而且變本加厲，以金石考訂入詩；《湊詩匯》自序且詡爲「詩道之尊」。章炳麟《辨詩》以爲這種考訂金石之作「比於馬醫歌括」，胡適之在《什麼是文學》中也以爲這種詩不是詩。他們都是或多或少皈依那抒情的傳統的。

但是詩文的界劃，宋以前既不分明，宋以來理論上雖然分明，事實上也不全然分明，堅持到底，怕也難成定論。所以韓愈「以文爲詩」似乎並不礙其爲詩。南宋陳善《捫蝨新話》

云：「韓以文爲詩，杜以詩爲文，世傳以爲戲；然文中要自有詩，詩中要自有文，亦相生法也。」這是極明通的議論。可是「以文爲詩」在我們的詩文評裡成了一個熱鬧的問題，「以詩爲文」卻似乎不大成問題的樣子，這是什麼緣故呢？大概宋以前「詩」一直包在「文」裡，宋人在理論上將詩文分開了，事實上卻分不開，無論對於古人的作品或當時人的作品都如此。這種理論和事實的不一致，便引起許多熱烈的討論。至於文，自來兼有敘事、議論、描寫、抒情等作用，本無確定的界限，不管在理論上和事實上。宋人還將辭賦放在文裡，可見他們是不以文的抒情的作用爲嫌的。

《捫蝨新話》引的「杜以詩爲文」的話，是僅有的例外。那只是說杜甫作文，用字造句往往像作詩一般，所以顯得別彆扭扭的。「韓以文爲詩」是成功了，「杜以詩爲文」卻失敗了。杜的文沒有人愛學，也很少人愛讀。這也是「以詩爲文」引不起熱鬧的討論的一個原因。但類似的討論卻不是沒有，唐劉知幾《史通．敘事》論「近古」史書，詞多繁複，事喜藻飾。那些時候作史多用駢體，駢體含著很多抒情的成分，繁複和藻飾，正是抒情的主要手法，用來敘事，卻是不相宜的。這繁複與藻飾，按宋人的標準說，也正是詩的精彩。劉知幾時代，詩文還未分家，更無所謂駢散之辨，但他所指出的問題，若用宋人的術語，卻正是「以詩爲文」那句話。

到了清代，駢散的爭辯熱鬧起來了，古文家論駢體的短處，也從這裡著眼。如曾國藩的話：

> 自東漢至隋，文人秀士，大抵義不孤行，辭多儷語；即議大政，考大禮，亦每綴以排比之句，間以婀娜之聲。歷唐代而不改；雖韓、李銳志復古，而不能革舉世駢體之風。此皆習於情韻者類也。
>
> （《胡南文徵序》）

「習於情韻」就是「抒情」，和那「排比之句」「婀娜之聲」都是。這裡所討論的，其實也還是「以詩爲文」那句話。不過這種討論，我們的詩文評都放在「駢散」一目下，不從詩文分界的立場看。「以詩爲文」的問題，宋人既未全貌地提出，可以作爲這個問題的正面的「駢散」的討論，又不掛在它的賬上，所以就似乎不大成問題的樣子了。

新文學運動以來，我們輸入了西洋的種種詩文觀念。宋人的詩文分界說，特別是詩的觀念，即使不和輸入的詩文觀念相合，也是相近的。單就詩說，初期的自由詩有人譏爲分行的散文，還帶著宋以來詩的傳統的影響。第一個提倡新詩的胡適之還提倡以詩說理呢。但是後來的格律詩和象徵詩便走上新的純粹抒情的路。這該是宋人理想的實現。

可是詩的路卻似乎越走越窄，作者和讀者也似乎越來越少。這裡也許用得著默里（J.·

M·Murry）《風格問題》一書中的看法。他說：「在某種文化的水準上，加上種種經濟的社會的情形（這些值得詳加研究），某種藝術的或文學的體式是會逼著人接受的。」宋以來怕可以說是我們的散文時代，散文的體式逼著一般作家接受；詩不得不散文化，散文化的詩才有愛學愛讀的人。現代詩走回詩的「正」路，但是理睬的人便少了。只看現代散文（包括小說）的發展是如何壓倒了詩的發展，就知此中消息。詩暫時怕只是少數人的愛好（這些人自然也是不可少的），它的繁榮怕要在另一個時代。默里還說：「批評只消研討基本的成分，比較著看；它所著眼的是創造想像，除非要研討文字的細節，是不必顧到詩文的分別的。」照這個看法，「以文爲詩」也該是不成問題的。

再論「曲終人不見，江上數峰青」

在本志（《中學生》）六十號裡見到朱孟實先生論這兩句詩的文字，覺得很有趣味。自己也有點意思，寫在這裡，請孟實、丙尊二位先生指教。

先抄全詩：

錢起　省試《湘靈鼓瑟》

善鼓雲和瑟，常聞帝子靈。
馮夷空自舞，楚客不堪聽。
苦調淒金石，清音入杳冥。
蒼梧來怨慕，白芷動芳馨。
流水傳湘浦，悲風過洞庭。
曲終人不見，江上數峰青。

這是一首試帖詩，詩題出於《楚辭．遠游篇》，云：

使湘靈鼓瑟兮，令海若舞馮夷。

《舊唐書》一六八記此詩情形云：

起能五言詩，初從鄉薦，寄家江湖，嘗於客捨月夜獨吟，遽聞人吟於庭曰：「曲終人不見，江上數峰青。」起愕然。攝衣視之，無所見矣。以為鬼怪，而志其一十字。起就試之年，李暐所試《湘靈鼓瑟》詩，題中有「青」字。起即以鬼謠十字為落句。暐嘉之，稱為絕唱，是歲登第。

「絕唱」只說得好，只說得愛好；那個鬼故事當然是後來附會出來的。至於究竟好在何處？有什麼理由可說？前人評語不外兩端：一是切題，二是所謂「遠神」。唐汝詢《唐詩解》卷五十云：

瑟乃神靈所彈，原無處所，是以曲終而不見其人，徒對江上數峰而惆悵也。

這裡只說得上一句：壓根兒就不見人，不獨曲終時爲然。但「江上數峰青」又與題何干呢？「湘靈」王逸無注，洪興祖補云：「上言『二女』，則此『湘靈』乃湘水之神，非湘夫人也。」可見得以前頗有人以爲湘靈就是湘夫人，就是帝堯的二女。《楚辭．九歌．湘夫人》有云：「九嶷繽兮並迎，靈之來兮如雲」，王注云：「舜使九嶷之山神繽然來迎二女。」可見得湘夫人雖「死於沅、湘之中」，卻住在九疑山裡。又《山海經．中山經》云：「洞庭之山……帝之二女居之。」這裡的「二女」也就是湘夫人。那麼，「江上數峰青」只是說人雖不見，卻可想像她們在那九疑山或「洞庭之山」裡。錢起遠在洪興祖之前，他大概還將湘靈當作湘夫人的。

可是這麼一說，這兩句詩不過切題而已，何以「稱爲絕唱」呢？沈德潛《唐詩別裁集》評云：「遠神不盡。」但又云：「落句固好，然亦詩人意中所有；謂得自鬼語，蓋謗之耳。」「神」字太麻煩，姑不去解釋；說「遠」，說「不盡」，究竟是什麼呢？既是「詩人意中所有」，該不是怎樣玄虛的東西。我們可以想到所謂「遠神」大概有兩個意思：一是曲終而餘音不絕，一是詞氣不竭，就是不說盡。這兩個意思一從詩所詠的東西說，一從詩本身說，實在是一物的兩面。

我們都知道「餘音繞梁」「響遏行雲」兩個成語；實在是兩個典故，見《列子．湯問篇》，云：

……秦青……撫節悲歌，聲振林木，響遏行雲。

……昔韓娥東之齊，匱糧，過雍門，鬻歌假食。既去而餘音繞梁欐，三日不絕。

前條說聲響之高，後條說聲響之久；「江上數峰青」也正說的是曲調高遠，裊裊於江上青峰之間，久而不絕，該是從《列子》脫化而出。可是意境全然新的，並非抄襲。所以可喜。這是一。

《全唐詩話》卷一云：

中宗正月晦日，幸昆明池賦詩。群臣應制百餘篇。帳殿前結彩樓，命「昭容」選一篇為新翻御制曲。從臣悉集其下。須臾紙落如飛，各認其名而懷之。既進，惟沈（佺期）、宋（之問）二詩不下。又移時，一紙飛墜，竟取而觀，乃沈詩也。及聞其評曰：「二詩工力悉敵。沈詩落句云：『微臣雕朽質，羞睹豫章才。』蓋詞氣已竭；宋詩云：『不愁明月盡，自有夜珠來。』猶陟健舉。」沈乃伏，不敢復爭。

沈說盡，宋不說盡，卻留下一個新境界給人想，所以為勝。錢詩是試帖，與沈、宋應制詩體制大致相同，都是五言長律，落句也與宋異曲同工。上官昭容既定下標準在前頭，影響該不在小；錢起的試官李暐或有意或無意大約也採取了這種標準，所以深爲嘉許。這是二。

還有，據《舊唐書》所記及陳季等同題之作，知道此詩所限之韻中有「青」字。錢押得如此自然，怕也是成爲「絕唱」的一個小因子。《唐詩別裁集》評語有云：「神來之候，功力不與」，其實就是說的這個押韻的自然。

詩中他句也有可論，但紀昀差不多都說過了，見《唐人試律說》，在《鏡煙堂十種》中。

王安石《明妃曲》

王安石《明妃曲》二首，頗受人攻擊，說詩中「人生失意無南北」「漢恩自淺胡自深」兩句有傷忠愛之道。第一首云：

明妃初出漢宮時，淚濕春風鬢腳垂。低徊顧影無顏色，尚得君王不自持。歸來卻怪丹青手，入眼平生幾曾有。意態由來畫不成，當時枉殺毛延壽。一去心知更不歸，可憐著盡漢宮衣。寄聲欲問塞南事，只有年年鴻雁飛。家人萬里傳消息：「好在氈城莫相憶。君不見，咫尺長門閉阿嬌，人生失意無南北。」

黃山谷引王深父的話，說：「孔子曰：『夷、狄之有君，不如諸夏之亡也。』『人生失意』句非是。」這是說，無論怎樣，中國總比夷、狄好，南總比北好，打在冷宮的阿嬌也總比在氈城做閼氏的明妃好；詩中將南北等量齊觀，是不對的。山谷卻辯道：孔子居九夷，可見夷、狄也未嘗無可取之處，詩語並不算錯。

這種辯論似乎有點小題大做；所以有人說王安石只是要翻新出奇罷了，是不必深求的。但細讀這首詩，王安石筆下的明妃本人，並未離開那「怨而不怒」的舊譜兒；不過「家人」給她抱不平，口氣卻有點「怒」了。「家人」怒，而身當其境的明妃並沒有怒，正見其忠厚之極。這裡「一去」兩句說她久而不忘漢朝；「寄聲」兩句說這麼久了，也托人問漢朝消息，漢朝卻絕無消息——年年有雁來，元帝卻沒給她一個字，在國內幾年未承恩幸，出宮時雖「得君王不自持」，又殺了毛延壽，而到塞外幾年，卻也未承眷念；她只算白等著。家裡的消息卻是有的，教她別痴想了，漢朝的恩是很薄的；當年阿嬌近在咫尺，也打下冷宮來著，你惦記漢朝，即便你在漢朝，也還不是失意？——該失意的在南在北都一樣，別老惦著「塞南」罷。這是決絕辭，也可說是恰如其分的安慰語；不過這只是「家人」說說罷了。

第二首云：

明妃初嫁與胡兒，氈車百輛皆胡姬。含情欲說獨無處，傳與琵琶心自如。黃金捍撥春風手，彈看飛鴻勸胡酒。漢宮侍女暗垂淚，沙上行人卻回首：「漢恩自淺胡自深，人生樂在相知心。」可憐青冢已蕪沒，尚有哀弦留至今。

李壁注引范沖對高宗云：「詩人多作《明妃曲》，以失身胡虜爲無窮之恨；安石則曰：『漢恩自淺胡自深，人生樂在相知心。』然則劉豫不是罪過，漢恩淺而虜恩深也。……孟子曰：『無父無君是禽獸也。』以胡虜有恩而遂忘君父，非禽獸而何！」

這以詩中明妃與漢奸劉豫相比，罵她是禽獸；其實范沖眞要罵的是王安石。罵王安石，與詩無甚關係，且不必論。就詩論詩，全篇只是以琵琶的悲怨見出明妃的悲怨；初嫁時不用說，含情無處訴，只借琵琶自寫心曲。後來雖然彈琵琶勸酒，可是眼看飛鴻，心不在胡而在漢。飛鴻有三義：句子以嵇康《贈秀才入軍》詩「目送歸鴻，手揮五弦」來，意思卻牽涉到孟子的「一心以爲鴻鵠將至」，又帶著盼飛鴻捎來消息。這心事「漢宮侍女」知道，只不便明言安慰，唯有暗地垂淚。「沙上行人」聽著琵琶的哀響，卻不禁回首，自語道：漢朝對你的恩淺，胡人對你的恩深，古話說得好，樂莫樂兮新相知，你何必老惦著漢朝呢？在胡言胡，這也是恰如其分的安慰語。這絕不是明妃的嘀咕，也不是王安石自己的議論，已有人說過，只是沙上行人自言自語罷了。但是青冢蕪沒之後，哀弦留傳不絕，可見後世人所見的還只是個悲怨可憐的明妃；明妃並未變心可知。王深父范沖之說，都只是斷章取義，不顧全局，最是解詩大病。今寫此短文，意不在給詩中的明妃及作者王安石辯護，只在說明讀詩解詩的方法，借著這兩首詩作個例子罷了。

上海人民美術出版社・編輯説明

朱自清先生的散文向來爲人們喜愛，《匆匆》《背影》《荷塘月色》等名篇被認爲是中國現代散文的典範，是中小學生必讀的經典。既然大家愛看、愛讀，我們決定選取朱自清先生論文學的美文，編成此書，送給愛讀書、愛文學的年輕朋友們。

本書共收錄文章三十三篇，分爲「談談文學這門藝術」及「漫步古今詩歌」兩大部分，分別是十六篇和十七篇。主要選自《標準與尺度》《論雅俗共賞》和《新詩雜話》等已結集出版的散文集。

在編輯過程中，按照現代語言習慣，對文中少量字詞及標點符號進行了修訂，以確保閱讀的流暢性。

總而言之，編輯這本《在詩文的河邊——朱自清談文學》，是希望讀者朋友在朱自清先生的獨到見解中，收穫對文學的喜愛和文學素養的提升，進而領略中國語言文字、乃至文學藝術的無窮魅力，體會閱讀的無尚快樂。

編輯部

在詩文的河邊——朱自清談文學

出　　版／楓書坊文化出版社
地　　址／新北市板橋區信義路163巷3號10樓
郵政劃撥／19907596 楓書坊文化出版社
網　　址／www.maplebook.com.tw
電　　話／02-2957-6096
傳　　真／02-2957-6435
作　　者／朱自清
責任編輯／周佳薇
校　　對／周季瑩
港澳經銷／泛華發行代理有限公司
定　　價／380元
初版日期／2023年5月

國家圖書館出版品預行編目資料

在詩文的河邊：朱自清談文學 / 朱自清作. -- 初版. -- 新北市：楓書坊文化出版社, 2023.05 面； 公分

ISBN 978-986-377-848-6 (平裝)

1. 文學 2. 文學評論 3. 文集

810.7　　112004023